Nuit fatale

Dorothy Wilton, à bord du *Titanic*

Halifax, Nouvelle-Écosse, 1912

SARAH ELLIS

Texte français de Martine Faubert

Éditions
■ SCHOLASTIC

Halifax, Nouvelle-Écosse, 1912

1ᵉʳ *mai 1912*

Ce matin, papa et maman ont rencontré la directrice de l'école. Je suis renvoyée jusqu'à la fin de l'année scolaire à cause de mon comportement inacceptable, hier dans la cour. Je devrai faire mes classes à la maison. Cet après-midi, Mlle Caughey m'a apporté mes manuels. Elle m'a aussi donné ce carnet. Elle a dit :

« Quand tu seras prête, tu écriras ce qui t'est arrivé au printemps. Je crois que ça pourrait t'aider. »

Parfait! Je suis prête.

Je m'appelle Dorothy Pauline Wilton. J'ai douze ans. J'habite à Halifax. J'ai un frère, Charles, qui est adulte et vit à New York. J'étais allée voir grand-papa et grand-maman dans leur maison (elle s'appelle Mill House) en Angleterre. Je revenais à bord d'un grand paquebot tout neuf, le *Titanic*, avec Mlle Pugh qui travaillait à la banque de papa. Elle était allée en Angleterre pour voir son père très âgé. Elle veillait sur moi. Mais le *Titanic* a heurté un iceberg et il a coulé.

Beaucoup de gens sont morts. J'ai survécu, mais pas Mlle Pugh. Maintenant, je suis chez moi.

Voilà ce qui est arrivé.

Je l'ai dit.

Maintenant, passons à autre chose.

2 mai

Ce que j'ai écrit hier pourrait donner l'impression que je suis fâchée contre Mlle Caughey. Pourtant, c'est faux. C'est l'institutrice la plus gentille de l'école. Mais je ne veux pas écrire au sujet du naufrage du *Titanic*. Je ne veux ni écrire à ce sujet ni en parler ni y penser. Le vendeur de journaux à la gare m'a dit : « Maintenant, tu appartiens à l'histoire, petite ». Je ne veux pas. Pas moi! Je suis une écolière, pas une espèce de vieil épouvantail comme dans les manuels d'histoire.

Je ne veux pas raconter la catastrophe. Je vais plutôt écrire à propos de ce qui s'est passé mercredi, parce que ce n'est <u>pas juste</u>!

D'abord, je tiens à dire que je ne suis pas désolée pour deux sous. La mère d'Irène, Mme Rudge, dit que sa fille ne s'en remettra jamais. Mme Trueman, la directrice de mon collège, le Halifax Ladies' College, dit qu'elle aurait bien aimé être indulgente envers moi, à cause de « l'expérience inimaginable et traumatisante que j'ai vécue récemment », mais qu'elle « ne peut tout simplement pas fermer les yeux sur une telle violence ». Maman dit qu'il est « absolument inacceptable de la part d'une jeune fille bien élevée de se comporter d'une telle façon ». Tante Hazel dit que c'est ce qui arrive quand on accorde trop d'attention à une enfant. Papa dit que je n'aurais jamais dû être envoyée en Angleterre et que c'est la faute de grand-maman et grand-papa, qui sont d'irresponsables bohèmes.

Les adultes ne comprennent rien! Ce sont des

imbéciles! maman dit que c'est grossier de dire « imbécile ».
Je m'en fiche. Imbécile, imbécile, IMBÉCILE.

3 mai

J'entends papa et maman qui arrivent. Ils étaient au cimetière Fairview. Aujourd'hui, on enterrait les victimes du naufrage, dans une section spéciale.

Mais pas Mlle Pugh. Son corps n'a pas été retrouvé. Ou bien il n'a pas pu être identifié. À cause de cette imbécile d'Irène Rudge, je sais pourquoi maintenant.

À la maison, je dois occuper mon temps à faire des devoirs, lire des livres « instructifs », apprendre à tenir une maison et réfléchir à mon mauvais comportement.

Aujourd'hui, j'avais des devoirs de français et d'arithmétique.

Mes tâches domestiques aujourd'hui : repasser des serviettes de table. Je n'ai pas réussi à les plier en un carré parfait.

Maintenant, je vais réfléchir à mon mauvais comportement.

NON! Je ne veux PAS!

Je vais plutôt réfléchir au mauvais comportement d'Irène Rudge.

Je n'aime pas Irène. C'était mon amie quand nous avions huit ans. À ce moment-là, je l'aimais bien parce qu'elle avait les cheveux bouclés. À huit ans, on ne sait pas toujours ce qui est important, chez une amie. Plus tard, j'ai découvert qu'elle voulait toujours être le centre de l'attention et qu'elle colportait des commérages. Irène finit toujours par être méchante envers les filles qui veulent être son amie.

Phoebe m'a dit que, après le naufrage et avant que je ne sois revenue à l'école, Irène avait été le centre de l'attention en racontant que son oncle, un des directeurs funéraires, était monté à bord du *Mackay-Bennett* afin d'aller récupérer les corps du *Titanic*. Mais quand je suis revenue à l'école et qu'on a parlé de moi dans le journal, plus personne ne s'est intéressé à l'entrepreneur de pompes funèbres.

Irène dit que j'ai cherché à faire l'intéressante. Mais elle se trompe, cette imbécile. Ce n'est pas vrai. Je n'ai parlé à personne du naufrage, sauf à Mary. Et à Louise et à Winnifred, et un peu à Flo, mais seulement parce qu'elles me l'ont demandé. Je ne voulais pas en parler. Je ne veux pas en parler ni y penser.

En revenant à la maison, puis en retournant à l'école, j'espérais que tout serait comme avant mon départ en février. Mais non!

Mardi matin, dans la cour d'école, avant la cloche, Irène est venue me rejoindre pendant que les autres sautaient à la corde. Elle a dit qu'elle voulait me montrer quelque chose derrière l'école. Elle était toute gentille avec moi. J'aurais dû me méfier.

Quand nous avons été hors de vue des autres, elle s'est mise à dire toutes sortes d'horreurs. Elle a dit que les corps de certains noyés ne pouvaient pas être identifiés. Quand on ne connaissait pas l'identité d'un corps, on le rejetait à la mer en le lestant avec une barre de fer. Elle faisait semblant d'être attristée, mais en réalité, elle se complaisait à me raconter cela. Personne ne me croira, si je dis la vérité. Les grandes personnes ne croient jamais ce genre de choses.

Je ne voulais pas entendre ça et j'aurais dû partir en courant, mais j'étais paralysée. Ensuite, elle a dit que si on ne pouvait pas identifier les gens, c'était parce qu'ils avaient été mangés par des créatures marines. C'est à ce moment-là que, emportée par la colère, sans réfléchir, je l'ai giflée en pleine figure. Ma vue s'est embrouillée, et ma main est partie toute seule. Elle a reculé d'un pas, a trébuché, est tombée contre le mur de briques et s'est blessée à la tête. Ce n'était pas voulu, mais j'étais bien contente quand même. J'étais contente de la voir perdre son air complaisant. J'étais contente de lui avoir fait mal. Et je suis encore contente aujourd'hui. Voilà. C'est la vérité, et je ne peux l'avouer que dans ces pages.

4 mai

Aujourd'hui, papa est encore allé à l'église St. George pour des funérailles, celles d'un petit garçon du *Titanic*. Personne n'a identifié ni réclamé son corps. Je ne comprends pas. Personne ne veut le retrouver? Même si toute sa famille est morte noyée, il doit bien y avoir quelqu'un chez eux qui se demande ce qui leur est arrivé? Au souper, papa nous a raconté les funérailles. Six marins du *Mackay-Bennett* portaient le petit cercueil blanc couvert de fleurs.

Après le souper, papa et moi sommes allés nous

promener avec Borden. Borden est aussi excité qu'avant mon départ pour l'Angleterre. Papa dit qu'il va peut-être se comporter comme un chiot toute sa vie. Papa marche exactement comme grand-papa, avec de longues enjambées, tout en fouettant les herbes avec son bâton de marche.

Grand-papa et grand-maman me manquent tellement! Je voudrais tant retourner à Mill House! Le temps s'écoule bizarrement. Je n'ai pas l'impression d'être revenue à la maison depuis deux semaines, mais plutôt depuis deux minutes. Par contre, il me semble que j'étais à Mill House il y a très, très longtemps. Et les cinq jours à bord du *Titanic*? Ils me semblent longs, longs, longs, comme un élastique étiré au maximum.

5 mai

Ce matin, église. Je suis prête. Mon lit est fait. Les rayures sur mes couvertures me facilitent la tâche. C'est plus difficile avec le couvre-lit parce que les motifs ne sont pas réguliers. Ça prend du temps de bien le placer. Maman dit qu'elle est agréablement surprise de voir que je suis devenue bien ordonnée et que grand-maman a sans doute eu une bonne influence sur moi. Ce n'est pas ça du tout. À Mill House, j'avais un édredon et tout ce que j'avais à faire le matin, c'était l'étendre sur le lit. Certains jours, je ne le faisais même pas parce que sinon, j'aurais réveillé un chat endormi dessus. Et ça ne dérangeait personne. Si je fais mon lit à la perfection, ce n'est pas à cause de grand-maman. C'est simplement parce que j'en ai besoin.

Je ne veux pas aller à l'église. On va me regarder. Maman dit que j'ai déjà été excusée deux semaines et qu'il est temps maintenant de « reprendre la routine ». Papa dit qu'il me ramènera à la maison tout de suite après.

C'était vrai. Je suis chez moi maintenant.

Maman est restée pour l'heure de fraternisation, mais pas papa ni moi. Maman aime bavarder, mais pas papa parce qu'il dit qu'il parle avec des gens toute la semaine à son travail. Durant la messe, il y a eu des prières spéciales pour les victimes du *Titanic* et leurs familles, puis une prière pour ceux et celles qui avaient été « ramenés sains et saufs chez eux ». Quand le pasteur a prononcé ces mots, j'ai senti comme un bourdonnement, et tout le monde m'aurait sûrement dévisagée si ça avait été permis pendant les prières.

Puis nous avons chanté un cantique qui parle des dangers de la navigation en haute mer, car deux bateaux sont partis récupérer les corps des victimes. Dans ce cantique, on parle de tourmente, de mer déchaînée et d'énormes vagues déferlantes, mais pas un mot sur les icebergs. Est-ce qu'il y a des icebergs dans la Bible? Probablement pas, car il n'y a pas d'icebergs dans la mer Morte ni dans les autres endroits décrits dans la Bible.

La leçon de l'Ancien Testament portait entièrement sur la vengeance et le châtiment. Le châtiment infligé avec des pierres, des fers ou un bâton. Infliger, le mot même comprend les mêmes lettres que gifler.

En ce moment, mon livre instructif a pour titre *Comment et Pourquoi*, et traite des sciences et de la Terre. Le chapitre que je viens de terminer parle des tremblements de terre. Dans la partie « Comment? » on explique qu'il y a de la vapeur d'eau à l'intérieur de la Terre. J'en connaissais déjà un peu à ce sujet grâce à l'*Encyclopaedia Britannica*.

Quand je suis arrivée en Angleterre, grand-papa venait d'acheter l'*Encyclopaedia Britannica*. (J'aime bien écrire « encyclopédie ». Peut-être qu'un jour, il fera partie d'un concours d'épellation, et que ce sera mon mot gagnant?). L'encyclopédie était énorme : vingt-sept volumes. Reliure de cuir noir, orné de dorures. Papier si fin qu'on voyait presque au travers. Elle avait même son étagère, avec vingt-sept cases pour y glisser chacun des vingt-sept volumes. Chacun était marqué de lettres comme : FRA – GIB. Millie et moi, nous avons inventé cinquante-quatre créatures qui avaient toutes des noms de trois lettres : BIS et CAL, MUN et ODD, EVA et FRA, VET et ZYM.

J'adorais l'idée que TOUT ce qu'on peut savoir se trouve dans cette étagère. Parfois, grand-papa et moi prenions un volume au hasard et le feuilletions jusqu'à ce que nous tombions sur quelque chose d'intéressant. Un jour, nous parcourions un des volumes de G et, au milieu de l'article sur la géologie, nous avons appris qu'il existait trois grandes théories concernant ce qui compose l'intérieur de la Terre : ce pourrait être des roches si chaudes qu'elles seraient liquides; ce pourrait être solide, mais avec des petites poches de roche incandescente; ce pourrait être du gaz entouré d'une couche de roche liquéfiée, elle-même entourée d'une couche solide qui formerait la surface de la Terre. J'ai demandé à grand-papa si, un jour, on saurait laquelle des trois versions était la bonne. Il a répondu qu'un jour, un gars très intelligent réussirait sûrement à démêler tout ça. Alors, grand-maman, depuis la pièce d'à côté, a crié : « **Ou une fille très intelligente** ».

(Je l'ai écrit en gras parce que grand-maman parle comme ça. Elle a des opinions sur tout : le gouvernement, la nourriture, les vêtements, la décoration dans la maison, l'éducation, les pauvres et, surtout, les femmes. Mais passons.)

Au sujet de l'encyclopédie, grand-maman disait qu'ils auraient mieux fait d'utiliser cet argent pour faire réparer la toiture. Grand-papa lui répondait que, si le toit avait une fuite, il lirait un article bien aride, comme les quatre pages sur le cadastre et la propriété foncière.

Mais revenons à nos moutons : mon livre instructif. La partie « Comment? » était suivie de la partie « Pourquoi? », et elle m'a mise en rogne. M. Kingsley, qui a écrit le livre, se demandait pourquoi Dieu avait permis que des milliers de gens meurent dans un tremblement de terre en Amérique du Sud. Puis il donnait sa réponse : quelque chose qui tournait autour de l'idée de défier la volonté de Dieu. Mais, si c'était un châtiment pour avoir fait quelque chose de mal et qu'il ne disait pas quoi exactement, comment pouvait-il inclure tout le monde, comme les mères et les enfants, et ce petit garçon que personne n'avait réclamé? Je trouve que M. Kingsley devrait s'en tenir à la vapeur d'eau et ne pas poser des questions auxquelles il est incapable de répondre.

6 *mai*

Personne ne comprend. Hier soir, je me suis réveillée en pleine nuit. Ça m'arrive maintenant. Avant, je ne me réveillais jamais comme ça. J'ai voulu toucher mes chaussures à côté de mon lit, mais elles n'y étaient pas. Je me suis levée, je les ai cherchées à tâtons sur le plancher et je ne les ai trouvées nulle part. Puis tout est devenu comme noir dans ma tête, et je me suis entendue crier. Maman est arrivée, et tout ce que je pouvais dire, c'était « chaussures ». Finalement, elle a ouvert la porte du placard et elle y a pris mes chaussures. Elle les avait rangées pendant que je dormais. Mais moi, j'ai besoin de toucher mes chaussures pendant la nuit. Je ne peux pas expliquer pourquoi à maman. Je ne peux l'expliquer à personne. Même pas dans ce journal.

Maman n'était pas fâchée. Elle est restée avec moi jusqu'à ce que je me rendorme.

Phoebe est passée me voir après l'école. Elle m'a raconté qu'Irène faisait tout un cirque avec sa blessure. Elle se promène avec un gros bandage blanc. Elle reste assise contre le mur pendant la gymnastique suédoise. (« Si seulement c'était moi. Tu aurais pu me frapper », m'a dit Phoebe. Elle déteste la gymnastique et toutes les formes de sport.) Irène fait même semblant d'avoir des étourdissements plusieurs fois pas jour. Phoebe dit que tout le monde en a plus qu'assez d'Irène et s'ennuie de moi. Je sais que ce n'est pas vrai (Irène a quelques fidèles admiratrices), mais je suis quand même contente que Phoebe l'ait dit.

Phoebe a regardé mes nouveaux vêtements avec admiration. Tout est neuf : des bottes et un manteau, un chapeau, trois robes, des jupons et des pantalons bouffants, des robes de nuit et des sous-vêtements. Si quelqu'un m'avait dit, avant le *Titanic*, qu'un jour maman m'emmènerait acheter une garde-robe au grand complet, depuis les pantalons bouffants jusqu'au manteau, j'aurais trouvé cela follement amusant. Maman est toujours très fébrile quand elle magasine, comme si c'était une fête. C'est ce que nous avons fait pendant la première semaine suivant mon retour à la maison, et ce n'était pas amusant. Chaque nouveau vêtement me faisait penser à un autre que j'avais perdu, englouti dans l'océan. J'essayais de me montrer reconnaissante, gentille et enjouée, mais je n'y arrivais pas. Personne ne comprend.

7 mai

Aujourd'hui, il y avait un colis d'Angleterre rempli de lettres pour moi. Quand je l'ai ouvert et que j'ai étalé toutes les lettres devant moi, je revoyais tout le monde de Mill House.

Grand-papa dans son fauteuil, qui lit en fumant la pipe. Grand-maman sur une échelle, qui peint une fresque sur le mur au-dessus du foyer. Mme Hawkins dans la cuisine, qui pétrit le pain. Owen Hawkins sous la table de la cuisine, qui enseigne à Brownie à garder un biscuit en équilibre sur son museau. Millie Hawkins, qui fait le grand écart.

La plus longue lettre était celle de grand-papa. Il me racontait en détail qu'ils avaient d'abord appris la nouvelle de la catastrophe en lisant les journaux qui en faisaient un rapport très confus. Toute la famille était au désespoir jusqu'à la réception du télégramme de papa. Il a écrit qu'il se disait sans cesse : « Mais il est insubmersible ».

Quand j'ai ouvert le petit mot de Mme Hawkins, des pétales de fleurs en sont tombés. Elle a écrit qu'elle s'ennuie de moi, et les poules aussi, tellement qu'elles ne pondent pas bien. Elle se demande si je me rappelle les noms des fleurs. Bien sûr : les campanules, les pas-d'âne, grands et petits, et les primevères.

Owen, qui a une écriture exécrable (un beau mot pour dire « mauvaise »), me raconte qu'il s'est fait enlever les points de suture sur son bras et qu'on dirait bien qu'il va lui rester une grosse cicatrice. Il me demande si j'ai vu l'iceberg et s'il était aussi gros que liclise ou moins gros. Je ne comprenais pas et je me suis demandé si « liclise » était un mot que je ne connaissais pas. Puis j'ai compris : l'église!

Millie m'a envoyé un dessin avec des créatures de l'encyclopédie : CHA, SHU, LOR et tous les autres. Les dessins de Millie ressemblent à ceux d'un livre que possède grand-papa : *The Book of Nonsense*. J'aimerais bien avoir ce livre. Dans l'enveloppe, il y avait aussi un petit bout de papier avec une empreinte de patte faite avec de la boue : un bonjour de Brownie à Borden.

J'ai gardé la lettre de grand-maman pour la fin. Elle a écrit qu'elle a commencé à me tricoter un nouveau chandail. Elle a fait une teinture avec des boutons d'herbe à poux et elle a obtenu une magnifique teinte de vert.

En lisant ça, j'ai pleuré. À cause du chandail rouge foncé que grand-maman m'avait fait. À cause du médaillon que j'avais reçu pour mes douze ans. À cause de mon livre *Les enfants du chemin de fer*, que Mme Bland m'avait offert. À cause du fameux plum-pouding de Mme Hawkins, qui allait être juste à point pour Noël. Je sais que des gens ont perdu des êtres chers dans le naufrage. Je sais que le vieux M. Pugh, en Angleterre, a perdu sa fille et que Marjorie, ma meilleure amie sur le *Titanic*, a perdu son père, et qu'une famille (on ne sait même pas qui) a perdu son petit garçon. Je sais que je ne devrais pas pleurer pour de simples objets. Pourtant, je ne peux pas m'en empêcher.

8 mai

À partir d'aujourd'hui, je suis prisonnière.

J'ai terminé mes devoirs avant le dîner. À dire vrai, les devoirs sont beaucoup plus vite faits à la maison qu'à l'école. Mais l'école me manque. La chorale aussi. Avant de partir, j'avais fait de gros progrès au basketball, et maintenant que je mesure 3 centimètres de plus, je dois être encore meilleure. Mais ce qui me manque le plus, ce sont mes amies. J'avais tant de choses à leur raconter et je n'en ai pas eu l'occasion. Maintenant, à cause de ce qui s'est passé cet après-midi, beaucoup de temps passera avant que je puisse parler avec mes amies.

Après le dîner, maman a dit que nous devrions laisser tomber les devoirs et les tâches ménagères et plutôt aller nous promener, car ça sentait le printemps. Nous sommes allées jusqu'au parc de Point Pleasant. D'habitude, ce que j'aime le plus faire dans ce parc, c'est grimper sur les rochers. Là, je n'en avais pas envie. Je n'ai même pas voulu regarder les vagues. Nous avons donc plutôt marché dans le boisé.

Maman n'a pas parlé de ma mauvaise conduite, mais plutôt de choses comme la fête de l'église, la sciatique de tante Hazel, de Charles qui a rasé sa moustache, et que c'était bien dommage que M. Amundsen l'ait remporté sur M. Scott, au Pôle Sud. Elle ne m'a fait qu'une seule remontrance : que j'avais encore grandi depuis que j'étais partie pour l'Angleterre et qu'elle espérait que je ne deviendrais pas trop grande. De toute façon, je devais faire bien attention de ne pas me voûter le dos, car elle avait remarqué que l'aînée des Potter avait grandi à toute vitesse et qu'elle avait le dos voûté, et que c'était très disgracieux et une mauvaise habitude qu'on pouvait facilement corriger en faisant comme si une ficelle nous sortait du dessus de la tête et nous tirait vers le haut.

Quand maman parle, ce n'est pas vraiment nécessaire de lui répondre. Il suffit de faire « Hm… Hum » de temps en temps. Papa et Charles la taquinent, en l'appelant « le gramophone ». Mais aujourd'hui, j'aimais ça. Elle était comme d'habitude, et ça me réconfortait.

En retournant à la maison, nous sommes passées par l'avenue Young et, juste avant l'avenue Inglis, il y avait un petit attroupement. Deux hommes photographiaient la maison située au 989 de l'avenue Young. C'est une belle maison avec une tour ronde, qui semble tout droit sortie d'un conte de fées. Maman m'a dit que c'était la maison de George Wright. Je savais qui c'était. On a parlé de lui dans le journal. C'était un riche homme d'affaires, et il était à bord du *Titanic*. Il a fait les manchettes dans le journal : Tragédie du *Titanic* : un homme d'affaires d'Halifax a péri. Moi aussi, j'ai fait les manchettes : Une écolière d'Halifax parmi les survivants du *Titanic*.

Nous nous sommes arrêtées pour nous joindre aux curieux. Quelqu'un a dit que les photographes travaillaient pour un magazine illustré. Les gens disaient que M. Wright était quelqu'un de bien et que, quand il ne travaillait pas, il donnait des conférences sur la tempérance et la moralité, et qu'il essayait d'amener les gens à devenir meilleurs. Puis la conversation a tourné aux commérages : des gens disaient qu'il n'avait ni femme ni enfants et se demandaient à qui il avait légué sa fortune.

Nous allions repartir quand soudain un des photographes a dit : « Attendez! N'est-ce pas Dorothy Wilton, qui était à bord du *Titanic*? » Et quelqu'un d'autre a répondu : « Oui, c'est elle! »

Tout le monde s'est retourné vers moi. Maman a dit : « Viens-t-en! ». Elle m'a prise par le bras, et nous avons voulu nous éloigner, mais les gens nous ont entourées et les photographes ont essayé de me prendre en photo. L'un d'eux m'a demandé : « As-tu rencontré George Wright à bord? » Il n'y avait aucune raison d'avoir peur et, pourtant, je me sentais effrayée. Effrayée et piégée. Maman m'a serré le bras plus fort et m'a dit calmement : « Ne t'arrête pas ». Et nous sommes parties. J'avais envie de courir, mais maman avançait lentement au milieu de la foule, comme un grand navire qui quitte le quai en fendant les flots.

Nous avons « vogué » ainsi jusqu'à la banque de papa. Nous sommes entrées dans son bureau, et sa secrétaire nous a servi du thé. Puis papa nous a fait raccompagner jusqu'à la maison par un de ses jeunes employés. Après tout ce temps, ma peur s'était envolée, et il me semblait ridicule d'être raccompagnée par le tout maigrichon, M. Nevin.

Maintenant, maman et papa ont décidé que je ne dois plus sortir seule, mais toujours accompagnée de l'un d'eux, de la cuisinière ou d'un autre adulte.

Je pense aux jours passés à Lewisham, quand je partais seule à l'aventure, que je me perdais et me prenais pour un mousquetaire. Ma seule obligation était de rentrer pour l'heure du thé. Si seulement je pouvais remonter dans le temps!

Deuxième souhait : si seulement Charles était là! Ça ferait « un autre adulte ». Je sais qu'il était obligé de retourner à son travail à New York, mais être prisonnière et fille unique, c'est affreux!

Est-ce que j'ai vu M. Wright? Je me demande si ce n'était pas le monsieur avec une moustache en pointes, assis à la même table que Marjorie. Mais passons.

Il y a autre chose à dire à propos de notre visite à la banque. En sortant du bureau de papa, j'ai aperçu le bureau où se trouvait Mlle Pugh, d'habitude. Il n'y avait rien ni personne. Si seulement. Si seulement Mlle Pugh n'avait pas travaillé à la banque de papa. Si seulement elle n'était pas allée voir son père en Angleterre. Si seulement papa ne lui avait pas demandé de veiller sur moi pendant le voyage. Si seulement il n'y avait pas eu cet iceberg. Si seulement il y avait eu plus de canots de sauvetage. Si seulement je pouvais ne jamais me laisser emporter par la colère. Quand on commence à dire « Si seulement... », il n'y a plus de fin.

9 mai

Aujourd'hui, Mlle Caughey m'a apporté d'autres devoirs et elle a dit que j'apprenais vraiment vite en mathématiques. Elle n'est pas comme à l'école, elle est beaucoup moins sèche. Elle m'a apporté un poème qu'elle avait recopié.

Le titre est « Les Mélis-Mélos ». Elle a dit que, de tous ceux qu'elle connaît, c'est son poème préféré. Un beau texte qu'on peut toujours garder avec soi, quand on le sait par cœur. Puis elle a dit qu'il était d'un écrivain qui s'appelle Edward Lear. Je le connais : c'est le même qui a écrit The Book of Nonsense que grand-papa avait à Mill House. Mlle Caughey connaissait aussi ce livre-là. Elle connaissait même quelques poèmes par cœur, comme celui qui parle d'une jeune dame au menton pointu comme une aiguille. Elle a dit qu'elle m'apporterait son exemplaire.

Je dois apprendre par cœur « Les Mélis-Mélos ». Je n'ai pas vraiment l'impression de faire un devoir d'école.

Elle m'a demandé si j'écrivais dans le carnet, et j'ai dit oui. Ce qui est vrai. Elle ne m'a pas demandé si j'écrivais à propos du naufrage. La réponse est non.

10 mai

Aujourd'hui, j'ai décidé de remonter dans le temps. Je vais écrire au sujet de ce qui s'est passé, non pas durant cette horrible nuit, mais pendant que j'étais en Angleterre.

Mais d'abord, je vais faire mes devoirs.

> *Les Mélis-Mélos*
> *Ils se sont embarqués dans un Tamis, dame, oui!*
> *Dans un petit Tamis ils se sont embarqués :*
> *Malgré tout ce qu'ont pu leur dire leurs amis,*
> *Par un matin d'hiver, sur les flots déchaînés,*
> *Dans un petit Tamis ils se sont embarqués!*
> *Et lorsque le Tamis s'est mis à tournoyer*
> *Et qu'on leur a crié : « Vous allez vous noyer! »*
> *Eux ils ont répondu : « Ce Tamis est petit,*
> *Mais nous en avons cure autant que d'un radis!*
> *Dans un petit Tamis nous voulons naviguer! »*
> *Peu nombreux et lointains, lointains et peu nombreux*
> *Sont les pays où vivent les Mélis-Mélos;*
> *Ils ont la tête verte et ils ont les mains bleues,*
> *Et c'est dans un Tamis qu'ils voyagent sur l'eau.*

Il m'a suffi d'écrire cette première strophe en m'appliquant pour déjà la savoir presque par cœur. Voilà un devoir facile.

11 mai

Maintenant que je suis revenue à la maison, l'Angleterre me semble irréelle, comme une pièce de théâtre où j'aurais figuré jour et nuit pendant deux mois.

Si je connais les pièces de théâtre, c'est parce que grand-papa et grand-maman en montaient souvent chez eux. Leurs amis venaient les voir, ils se costumaient tous et ils déplaçaient les meubles pour créer les décors. Le premier samedi que j'ai passé là-bas, ils ont monté *Le songe d'une nuit d'été* de Shakespeare, et je jouais le rôle d'une fée appelée Toile-d'araignée qui avait quatre répliques : – Moi aussi – Salut! – Toile-d'araignée et – Me voici!

Mais je vais trop vite. Avant de décrire cette courte pièce, je vais parler de la longue pièce intitulée *Une jeune Canadienne en Angleterre*. Tu connais déjà quelques-uns des personnages : grand-papa et grand-maman (Henry et Augusta Wilton, de leurs vrais noms), Mme Hawkins (qui s'occupe de la maison), Owen Hawkins (son fils de 12 ans), Millie Hawkins (sa fille de 12 ans), Fabien et Bernard (les deux chats de la maison), et Brownie (le chien). Les autres personnages sont : Mme Bland (une écrivaine), le Révérend Drysdale (un pasteur), plusieurs poules et d'autres adultes qui n'ont pas de noms. Ah oui!

Et une jeune Canadienne, fille de M. Stanley Wilton, qui est le fils de M. et Mme Henry Wilton. Ce personnage s'appelle la Jeune Canadienne, ou la JC.

L'action se situe dans une maison appelée Mill House, près du village de Lewisham, dans le comté de Londres en Angleterre, où la Jeune Canadienne habite parce que ses grands-parents voulaient qu'elle les connaisse et parce que son grand frère Charles (23 ans et qui se comporte comme un adulte) a eu la même opportunité quand il était plus jeune et que « les filles doivent avoir droit aux mêmes choses que les garçons ».

De quoi parle cette pièce? Est-ce une intrigue, une pièce à suspense ou une pièce avec des gens assis à table et disant des choses intelligentes? Y a-t-il de beaux costumes? De la musique et de la danse? Des personnages sautent-ils du haut des murs et se battent-ils à l'épée? Un des personnages se révèle-t-il être quelqu'un d'autre?

Oui.

Oh zut! L'heure du dîner. Déjà? Je n'ai pas fait mes devoirs.

Arithmétique ou poésie? Je préfère la poésie. Les Mélis-Mélos est un poème si extraordinaire que, quand je le retranscris, les mots vont directement de mes doigts jusque dans ma tête.

Ils ont vogué dans un petit Tamis, dame, oui!
Dans un petit Tamis bien vite ils ont vogué,
Avec un beau foulard vert comme un pissenlit,
Qu'en manière de voile ils avaient attaché

Au mât qui figurait une pipe de buis;
Et ceux qui les ont vu partir ont déclaré :
« Pour sûr ils ne vont pas tarder à chavirer!
Car le ciel est bien noir, et bien long le voyage!
Et puis, quoi qu'il en soit, c'est très mal, à leur âge,
Dans un petit Tamis de si vite voguer! »

12 mai

La pièce commence quand la Jeune Canadienne se réveille dans une petite chambre aux murs blanchis à la chaux, située au grenier, avec un plafond en pente qui descend jusqu'au plancher. Brownie est couché à ses pieds. (La veille au soir, la grand-maman de la Jeune Canadienne lui a dit qu'elle pouvait dormir dans sa chambre avec le chien, au cas où elle s'ennuierait de sa famille. La mère de la Jeune Canadienne, qui ne laisserait jamais Borden monter à l'étage, aurait été en furie si elle l'avait su. La Jeune Canadienne était très contente et elle était trop fatiguée pour s'ennuyer de sa famille. Quand elle s'était réveillée, elle avait adoré sentir le poids du chien sur ses pieds et l'entendre respirer.) Tu te demandes peut-être pourquoi l'action de la pièce ne commence pas plus tôt. Et la traversée de l'Atlantique? Et le train jusqu'à Lewisham? Et les grands-parents que la JC rencontrait pour la première fois de sa vie? La réponse à toutes ces questions se résume à trois petits mots :

MAL DE MER

J'étais si malade durant la traversée vers l'Angleterre

que, par moments, je me disais que le monde entier avait disparu et que tout ce qui restait montait, montait, montait... (pause horrible)... puis redescendait. L'hôtesse a tout essayé : la bière au gingembre, les craquelins salés, le thé à la menthe, le persil frais mastiqué longtemps, le Mothersill, qui est un remède réputé contre le mal de mer. Elle a aussi essayé de me chanter des chansons pour que j'arrête de penser à mon ventre. Mais rien n'y faisait. Sauf que maintenant, j'ai horreur de la bière au gingembre, des craquelins, de la menthe, du persil et des « Mon pauvre petit cœur ».

(Je me rends compte que la Jeune Canadienne a été remplacée par « je ». Mais tu le savais déjà. Pas comme dans un très bon livre, *La chasse au trésor*, de E. Nesbit, où le narrateur de l'histoire est Oswald, même s'il fait semblant que non et qu'on ne se rend pas compte tout de suite que le « je » est Oswald. Plus tard, quand on revient en arrière, on voit bien que « je » admire tout ce qu'Oswald dit et fait. Bon! Owen a dit qu'il l'avait compris dès le premier chapitre, mais je pense que c'était pour se vanter.)

Revenons à la pièce et à notre JC.

ACTE PREMIER
Scène I

Le rideau se lève sur une chambre blanche. La JC se fait réveiller par des voix qui crient :

« Tous pour un, un pour tous! »

La JC se lève et regarde par la fenêtre. Il y a un jardin entouré d'un mur de briques. Des gouttes de pluie tombent des arbres, mais il y a aussi un peu de soleil. *Soudain, deux chapeaux apparaissent au haut du mur, des chapeaux noirs ornés de plumes rouges. Deux têtes apparaissent sous les chapeaux, puis deux corps sous les têtes. Avec des capes et des épées. Les deux corps sautent en bas du mur. Leurs capes flottent derrière eux. Ils traversent la pelouse en courant, brandissant leurs épées.*

LES DEUX PERSONNAGES, *se parlant*
à eux-mêmes, mais ensemble.
(Difficile à expliquer, mais facile à comprendre.)
Tous pour un et un pour tous!
Ils s'engouffrent dans la maison. La JC remarque deux choses. D'abord, le plancher et l'appui de la fenêtre ne montent pas... (pause horrible) pour redescendre ensuite, mais restent à leur place : Oh merveille! Oh bonheur! Oh joie! Ensuite, elle a si faim qu'elle serait capable de manger tout un orignal.

(Oui, oui : la pièce!)

LA JC, *s'adressant au chien Brownie.*
J'ai si faim que je serais capable de manger tout un orignal!

BROWNIE
Wouf!
La JC n'a pas vraiment dit qu'elle serait capable de manger tout un orignal, mais elle l'a pensé. Elle ne croit pas avoir la patience de faire sa toilette et de s'habiller avant de

descendre déjeuner et de voir qui sont ces deux personnes
avec des capes. Surtout qu'elle n'y est pas obligée.

LA GRAND-MAMAN, *qui entre en scène.*

Tu peux descendre à la cuisine en robe de chambre,
Dorothy. Le gruau est déjà servi.

(La mère de la JC ne permettrait jamais que la JC
déjeune à la cuisine et encore moins en robe de chambre.)

LA JC

Les avantages d'un jour de maladie, mais sans
l'inconvénient d'être malade : chouette!

(La JC n'a pas vraiment dit cette réplique à voix
haute. Et la mère de la JC ne fait même pas partie des
personnages de la pièce. C'est difficile d'écrire une pièce
de théâtre. Je m'y remettrai demain.)

13 mai

ACTE PREMIER
Scène II

Une cuisine toute propre et en ordre. Une femme brasse
le contenu d'une casserole sur le poêle. Les deux
personnes avec des capes sont assises à table. Elles ont
retiré leur chapeau.

LA JC

Ça sent bon dans la cuisine!

LA GRAND-MAMAN

Dorothy, je te présente Mme Hawkins.

MME HAWKINS

Bienvenue à Mill House, Dorothy. Nous attendions ce moment depuis si longtemps! Voici Owen et voici Millie. Ce sont mes enfants. De vrais barbares! Ils ont déjà mangé, mais ils ne veulent pas manquer une seule minute de ta présence. Ils attendent la Canadienne depuis des mois. Ne les laisse pas te casser les oreilles avant d'avoir terminé ton déjeuner. Voici ton thé. Veux-tu du sucre?

Mme Hawkins a comme un sourire dans la voix.

MILLIE

Nous ne sommes pas vraiment Owen et Millie.

PAS-OWEN

Je suis Athos.

PAS-MILLIE

Je suis Porthos. Nous t'attendions pour que tu sois...

PAS-OWEN ET PAS-MILLIE, *en chœur.*

Aramis.

La JC ne comprend pas de quoi ils parlent, mais elle s'en fiche parce qu'elle a son gruau. Le meilleur qu'elle ait mangé de toute sa vie! Elle ne s'est pas arrêtée pour dire : « Le meilleur que j'aie mangé de toute ma vie » parce qu'elle avait trop faim pour arrêter de manger. Dans la pièce, la comédienne qui interprète la JC doit sembler très heureuse. Le gruau était bien épais, avec des petits grumeaux qui font plaisir sous la dent. Il y avait de la crème épaisse dans un pichet rayé bleu et blanc, et de la cassonade. La JC en a pris deux pleins bols, puis encore un petit peu plus, pas parce qu'elle avait faim, mais parce que sa bouche en voulait d'autre.

LA JC

C'est bien meilleur que de l'orignal.

BROWNIE, *qui est le seul*
à comprendre de quoi elle parle.

Wouf!

Les deux personnes habillées de capes restent assises sans bouger, comme des chiens à qui on aurait dit : « Reste » et qui obéissent.

La JC dépose sa cuillère.

MME HAWKINS

Très bien! Maintenant, vous pouvez parler.

Millie et Owen sont jumeaux et ils ont une façon de parler qui est difficile à décrire et trop fatigante à reproduire dans le texte d'une pièce de théâtre. Mais c'est facile à comprendre. C'est comme s'ils se partageaient les phrases. Chacun en dit une partie. Plus tard, Mme Hawkins explique à la JC que, quand ils étaient tout petits, ils avaient leur propre langue. En ce premier matin, la JC n'arrive pas à savoir s'ils se sentent plus jeunes ou plus vieux qu'elle. À Halifax, douze ans, c'est trop vieux pour jouer avec des épées et des costumes, alors d'après elle, ils seraient plus jeunes. Mais la JC ne sait pas si c'est parce qu'ils sont anglais. Puis ils racontent à la JC toute l'histoire des Trois Mousquetaires, qu'ils ont lue en français. Ils parlent français beaucoup mieux qu'elle et, pour cette raison, ils lui semblent plus âgés. Ils ont aussi lu des romans d'aventures dont l'action se situe au Canada.

LES JUMEAUX

Est-ce que tu sais construire un canot d'écorce?

LA JC

Non.

LES JUMEAUX

Faire sécher des bleuets?

LA JC

Non.

LES JUMEAUX

Construire une cabane en bois rond?

LA JC

Non.

LES JUMEAUX

Fabriquer un balai avec des branches de cèdre attachées ensemble avec une lanière de cuir?

LA JC

Non.

LES JUMEAUX

Fabriquer la corde d'un arc avec les intestins d'une marmotte?

LA JC

Non.

LES JUMEAUX

Qu'est-ce que tu sais FAIRE, alors?

LA JC

Du crochet. Des confitures, avec de l'aide. Je vais à l'école. Nous apprenons la géographie, le français, l'élocution et la gymnastique suédoise. Je ferai peut-être partie de l'équipe de basketball l'an prochain.

LES JUMEAUX

Oh!

Cette conversation et les trois bols de gruau (on se croirait dans Boucles d'or) les occupent jusqu'au milieu de l'avant-midi, et la JC est toujours en robe de chambre.

LA JC

J'ai bien l'impression que la vie à Mill House est très différente de la vie chez nous.

Bien sûr, elle n'a pas vraiment dit cela. Personne n'oserait le dire, mais le penser, oui.

RIDEAU

14 mai

Les notes explicatives! Je viens de me rappeler que, dans une pièce de théâtre, on peut indiquer des choses que tout le monde doit savoir, mais qu'on ne peut pas faire dire ni montrer par un personnage. À Mill House, les programmes étaient toujours complétés par des notes explicatives.

Note explicative pour *Une jeune Canadienne en Angleterre*

(On ne peut pas comprendre cette pièce si on ne connaît pas *Les Trois Mousquetaires*.)

Il y a un type qui s'appelle D'Artagnan, mais il n'est pas un des Trois Mousquetaires. (Dans cette pièce, quand on a besoin de D'Artagnan, on le fait jouer par le chien Brownie, qui a aussi plusieurs autres rôles.) Les vrais Trois Mousquetaires sont Porthos, Athos et Aramis, et ce sont des amis de D'Artagnan. D'Artagnan a souvent des ennuis, principalement parce qu'il est amoureux de Constance, qui est déjà mariée. Les Trois Mousquetaires l'aident à se sortir du pétrin. Par exemple, les Trois Mousquetaires doivent aller à la rescousse de Constance qui a été enlevée par le cardinal de Richelieu, chargé par le roi de France d'avoir à l'œil sa femme la reine qui, elle aussi, est amoureuse de quelqu'un d'autre à qui elle a donné des bijoux que son mari lui avait offerts et maintenant, elle doit les récupérer, sinon le roi s'en apercevra.

C'est trop difficile! L'histoire des *Trois Mousquetaires* est beaucoup trop longue et compliquée.

Voici les informations vraiment nécessaires.

1. Un des personnages est généralement en prison. Nous avons installé notre prison dans le fond de la petite grange en pierre, avec un vieux lit de fer rouillé. Quand on est en prison, on n'a droit qu'à du pain et de l'eau dans un gobelet en fer blanc.

2. Quand nous avions besoin de femmes, Millie faisait Constance et moi, Milady De Winter. Autrement dit, je devais avoir sur mon épaule une fleur de lys (la marque des criminelles) dessinée à l'encre avec une plume.

3. Plusieurs personnes se font assassiner. Parfois, elles sont taillées en pièces pendant un combat à l'épée. Ou bien elles se font poignarder. (On fait juste glisser la lame du couteau sous le bras, et ça fait très vrai.) Ou encore, elles se font décapiter. Le mieux, c'est quand elles sont

empoisonnées, comme Constance. (Millie boit à petites gorgées dans le gobelet serti de pierres précieuses que Milady lui tend, puis elle tombe par terre (sur le plancher s'il pleut trop dehors) et se tord de douleur dans les bras de son cher D'Artagnan, joué par Brownie.)

15 mai

Dans le jardin. Les Trois Mousquetaires sont couchés sur le haut du mur.
Arrive un messager du cardinal de Richelieu. Il passe devant eux sans se douter de leur présence.

ATHOS
Pour le cardinal et pour le roi!
PORTHOS
Nous ne tolérerons aucun affront!
ARAMIS
Tu vas mourir!

À grands cris, les trois mousquetaires sautent au bas du mur, brandissant leurs épées, leurs capes volant au vent. Ils poignardent le messager.

LE MESSAGER, *lâchant un cri d'agonie.*
Grgl!

LES TROIS MOUSQUETAIRES
Service du roi!
Dans cette mise en scène, le messager est joué par un

chat de la grange.

Cette scène n'aurait jamais pu se produire à Halifax. À Halifax, je suis une jeune fille bien élevée (qui se tient toujours bien droite). À Lewisham, je suis Aramis. À Halifax, douze ans c'est beaucoup trop vieux pour jouer à des jeux pareils. À Lewisham, à douze ans, c'est différent.

Le soir ou lorsqu'il pleuvait vraiment trop, nous jouions une autre pièce de théâtre à l'intérieur. Elle avait pour titre : *Perdus dans la grande forêt canadienne.* Millie se cachait sous le tapis en peau d'ours et faisait semblant de nous attaquer, Owen et moi. Ce n'était pas une pièce aussi bonne que *Les Trois Mousquetaires.*

Quelques jours avant mon départ pour la maison, nous avons rejoué la scène du saut du haut du mur. Comme nous savions que j'allais repartir, nous étions tous les trois plus déchaînés que jamais. Owen a trébuché en sautant et il s'est blessé au bras avec son épée brisée. Il y avait beaucoup de sang. Mais il a été très courageux. Il a même dit que, secrètement, il avait toujours souhaité avoir une cicatrice comme un homme.

Dans la lettre de grand-papa, j'étais contente d'apprendre qu'Owen avait bel et bien une cicatrice; la marque d'un valeureux mousquetaire!

16 mai

Mlle Caughey est revenue aujourd'hui et elle m'a apporté le livre *Book of Nonsense*. Je lui ai récité les deux premières strophes des *Mélis-Mélos*, et elle a enchaîné avec moi à partir de *Peu nombreux et lointains*. Puis elle s'est rappelé qu'elle était institutrice, et nous avons fait de la géographie. Quand je lui ai montré toutes les pages que j'avais écrites dans ce carnet, elle a été très impressionnée. Elle les a feuilletées sans les lire et m'a complimentée sur leur propreté. Elle ne sait pas que je suis beaucoup moins propre que j'en ai l'air. Parfois, je fais des pâtés avec ma plume et je dois...

Peu importe. J'en ai cure autant que d'un radis!

Après son départ, j'ai regardé toutes les illustrations du *Book of Nonsense*. J'avais l'impression de me retrouver dans le salon de Mill House. La jeune dame avec son chapeau dont les rubans se dénouent quand les oiseaux viennent se percher dessus est mon personnage et mon dessin préférés. Elle se tient en équilibre sur le bout de son gros orteil et elle sourit tandis qu'un hibou, une corneille et d'autres oiseaux sont perchés sur son chapeau et que d'autres oiseaux volent vers elle. Quand j'étais petite, il y avait un vieux monsieur qui venait souvent s'asseoir sur un banc devant l'église et qui mettait des graines sur son chapeau pour que les oiseaux viennent s'y percher. Maman ne m'a jamais permis d'aller lui parler.

Je regrette sincèrement si je me suis déjà plainte de l'école. Je m'ennuie sans l'école. Les adultes ne comprennent pas ce que ça veut dire, s'ennuyer. Ils disent : « On trouve toujours à s'occuper ». Et ils vous proposent une corvée. On s'ennuie quand on ne peut rien faire de ce qu'on a envie de faire. C'est comme avoir faim. « Comment peux-tu avoir faim? Tu n'as même pas mangé tous tes choux de Bruxelles! » Ont-ils oublié qu'on peut avoir faim pour des tartines de pain aux raisins ou du gâteau roulé à la marmelade, mais pas pour des choux de Bruxelles?

Mlle Caughey a suggéré que, puisque j'aime tant les poèmes d'Edward Lear, je pourrais en écrire moi-même.

Il y avait une dame dans la ville de Halifax
Il y avait une dame du prénom de Dorothy

Ça ne marchera jamais. Rien ne rime avec Halifax ni Dorothy.

17 mai

Ça marche!

Il y avait une fille, une demoiselle Wilton,
Qui ne se nourrissait que de fromage Stilton.

Grand-papa adore le Stilton. Ça sent fort. Une des horreurs de la cuisine anglaise. Dans les *Mélis-Mélos*, il est aussi question de fromage, quand ils arrivent dans la mer d'Occident.

Ils achetèrent un Chariot, une Effraie,
Une livre de Riz, une tarte aux Airelles,
Et une ruche pleine d'Abeilles d'argent.

Ils achetèrent un Cochon, des Choucas verts,
Un Singe ravissant aux mains de sucre d'orge,
Et quarante bouteilles de Rignebori,
Et plusieurs kilos de bonne Fourme d'Ambert.

Zut! Je ne trouve toujours rien d'autre pour faire rimer avec « Wilton ».

18 mai

Je ne m'ennuyais jamais à Mill House. Une des promesses que grand-papa avait faites à papa, c'était que je ferais des travaux scolaires. Je pensais devoir rester assise tous les jours avec mes manuels, à faire de l'arithmétique et de la calligraphie. Mais le lendemain de mon arrivée (où je n'ai pas fait la grasse matinée ni mangé du gruau en robe de chambre), grand-papa m'a tendu le journal. C'était un tout nouveau genre de travail scolaire pour moi.

Dans la salle à manger, à Mill House, le matin.
PERSONNAGES
Grand-papa, grand-maman, la Jeune Canadienne
PERSONNAGES SECONDAIRES
Brownie, Fabien, Bernard
La Jeune Canadienne a terminé son gruau. Grand-papa
mange des œufs brouillés avec des rognons. (Encore une
de ces atrocités de la cuisine anglaise.) Grand-maman
boit son café. (« J'ai horreur du déjeuner! »)

GRAND-PAPA, *tendant le journal à la JC.*

À toi! Trouve un article qui t'intéresse, et nous allons en discuter.

La JC essaie de lire le journal, mais la première page est pleine d'annonces publicitaires, et elle semble incapable de faire comme son grand-papa, tourner la première feuille impeccablement en faisant claquer le papier. Un coin du journal trempe dans la marmelade.

LA JC

Est-ce que je peux le lire sur le plancher?

GRAND-MAMAN

Oh! Bien sûr! C'est d'ailleurs la seule façon sensée de lire un journal.

LA JC, *couchée à plat ventre et feuilletant le journal.*

Prix du caoutchouc? Grève dans les mines de charbon?

GRAND-PAPA

Trouves-tu que ce soient des sujets intéressants?

LA JC

Pas vraiment.

GRAND-PAPA

Alors, continue.

LA JC

Qu'est-ce que c'est, la vivisection?

GRAND-MAMAN

Oh Harold! Je ne crois pas que ce sujet convienne à Dorothy. **En tout cas, pas à douze ans!**

GRAND-PAPA

Au contraire! C'est un excellent sujet de discussion, propice à une leçon très riche pour aujourd'hui. *(Il se racle la gorge.)* La vivisection consiste à vérifier des choses scientifiques sur les animaux. Tu lis l'article et tu me dis ce que tu en penses.

(Grand-papa l'avait expliqué mieux que ça, mais c'est tout ce dont je me souviens.)

LA JC, *lisant l'article de journal.*

Ça raconte que certains pensent qu'on devrait la condamner, mais ça ne dit pas pourquoi.

GRAND-PAPA

La principale objection est que, parfois, les sujets sont encore en vie quand on fait les expériences sur eux.

LA JC

Tu veux dire quand ils les découpent? *(Elle bouche les oreilles de Brownie avec ses mains.)* C'est monstrueux!

GRAND-PAPA

Une ferme conviction est un bon point de départ pour une discussion. Ta position est partagée par des gens très connus, dont la regrettée reine Victoria et notre ami, M. Wells. Il a écrit tout un roman pour dénoncer la vivisection. La lecture de ce roman pourrait être un de tes devoirs.

GRAND-MAMAN

Il n'en est pas question, Harold! Dorothy peut le lire si elle le désire, tout comme elle est invitée à lire tous les autres livres que nous possédons. Mais tu NE vas PAS lui donner celui-là en devoir. C'est un livre troublant et très triste.

LA JC

Alors, ai-je bien répondu? Finis les devoirs pour aujourd'hui?

GRAND-PAPA, *en se servant du thé.*

Pas tout à fait. Compliquons encore un peu la question : Comment savons-nous si un animal souffre? Comment savons-nous si les animaux ressentent la douleur de la même façon que nous, puisqu'ils ne parlent pas? Non, ne réponds pas! C'est ta question pour demain. Réfléchis-y bien. Finie l'école, pour aujourd'hui.

GRAND-MAMAN

Tout à fait d'accord. Allez ouste!

RIDEAU

19 mai

Asquith est assis sur mes genoux et pétrit ma cuisse. Quand je suis revenue à la maison, il était plutôt distant, mais maintenant il m'a pardonné d'être partie et réclame mon affection en poussant sur ma main si j'oublie de le gratter sous le menton. Il me dit : « Ton travail, c'est de me cajoler, et tu ne dois jamais l'oublier, pas un seul instant ». Asquith sait parler, et ça me rappelle que la discussion et les leçons sur la vivisection se sont poursuivies au déjeuner pendant une bonne semaine.

Au déjeuner, encore avec des rognons.

LA JC

Les animaux peuvent parler, mais pas avec des mots.

GRAND-PAPA

Bon argument. Donne-moi un exemple.

LA JC

Asquith, notre chat, sait parler. Chaque fois que nous posons un nouvel objet sur le manteau de la cheminée, il bondit et le fait tomber, l'air de dire : « C'est ma place et je vous interdis d'y changer quoi que ce soit ». Et puis, nous savons si un animal souffre parce qu'il pleure ou glapit, comme la fois où Phoebe et moi faisions semblant d'être aveugles et que j'ai marché par accident sur Borden, notre nouveau chiot.

En mentionnant les pleurs, la JC pense à un autre bon argument.

LA JC

Et puis il y a les bébés. Ils ne parlent pas, mais nous savons qu'ils peuvent avoir mal.

GRAND-PAPA, *en applaudissant.*

Bravo! Très bon argument, les bébés!

LA JC

Alors, la leçon est terminée?

GRAND-PAPA

Pas tout à fait. Les scientifiques font des expériences sur les animaux afin de faire des découvertes qui pourraient aider à soigner les malades. Par exemple, ils utilisent des cochons d'Inde pour étudier la diphtérie. Leurs découvertes pourraient sauver des milliers de vies. On pourrait même être débarrassés de la diphtérie à tout jamais. Mais certains cochons d'Inde meurent. Est-ce que ça en vaut la peine, si pour chaque cochon d'Inde mort, une vie humaine est sauvée? Et si, pour un cochon d'Inde mort, des milliers de vies humaines sont sauvées? Réfléchis-y pour demain.

RIDEAU

20 mai

La pièce a maintenant pour titre : SCÈNES DE DÉJEUNER
Même endroit, sauf que le grand-papa a laissé tomber les rognons pour le bacon.

(La question des cochons d'Inde était difficile parce que Phoebe en avait un et qu'il était adorable. C'était une femelle noire, brune et blanche. Elle s'appelait Zanzibar et, en été, nous transportions sa cage dehors, nous la déposions sur la pelouse et nous en retirions le fond pour qu'elle puisse brouter. Elle poussait un petit cri de plaisir, un peu comme un sifflet qui ferait des bulles, et elle adorait le concombre. L'idée qu'on puisse lui faire du mal m'était insupportable.)

LA JC
Les scientifiques n'ont qu'à trouver un moyen de guérir la diphtérie sans assassiner des cochons d'Inde.
GRAND-PAPA
Excellent! Tu as pris position et tu as défendu ton opinion avec force.
LA JC, *pleine d'espoir.*
Alors demain on pourra parler du prix du caoutchouc?
GRAND-PAPA
Il reste encore un petit détail.
LA JC, *découragée.*

Pfff!

GRAND-MAMAN

Harold, un peu d'indulgence avec la petite!

GRAND-PAPA

Elle n'a pas besoin de mon indulgence. Elle est parfaitement capable de relever le défi. Et si les expériences, au lieu de se faire sur des cochons d'Inde, se faisaient sur des rats, des grenouilles ou des vers de terre? Réfléchis-y. Tu peux partir maintenant.

Maman vient de m'appeler. Des dames viennent prendre le thé, et je suis censée aider à préparer les plateaux de gâteaux.

21 mai

J'ai demandé à papa de m'apporter un nouveau carnet. J'ai presque fini celui-ci. J'ai vite utilisé toutes les pages parce que, chaque fois que je fais un pâté, j'arrache la feuille et je recommence. Je sais que c'est du gaspillage. Un jour, j'ai essayé de laisser un pâté, en me disant que de toute manière personne ne lirait mon carnet. J'ai continué à écrire, mais ça m'agaçait, alors je me suis réveillée pendant la nuit et j'ai arraché la feuille, puis il a fallu que je recopie cette page et les autres qui la suivaient. Je suis incapable de continuer quelque chose en laissant un dégât derrière moi. Sinon, je me sens mal.

Le thé était mortellement ennuyeux. J'ai passé la crème et le sucre, et je me suis bien conduite. Les dames

45

ont discuté d'épingles à chapeau. Savais-tu que la plupart des épingles à chapeau sont trop longues et doivent être raccourcies à la bonne longueur, puis effilées de nouveau? Je me demande ce qui serait arrivé si j'avais demandé à ces dames ce qu'elles pensaient de la vivisection.

LA VIVISECTION (suite de la scène précédente)

Entre-temps, la JC a désherbé les plates-bandes de vivaces et a lu un vieux livre de sa grand-maman, Girl's Own Annuals. *Elle a joué à pratiquer le tir à l'arc, avec Millie et Owen, et n'a pas beaucoup réfléchi aux vers de terre.*

LA JC

Les vers de terre, ce serait bien, à condition qu'ensuite de nombreux bébés soient protégés contre la diphtérie.

GRAND-PAPA

Quelle est la différence entre les cochons d'Inde et les vers de terre?

LA JC, *sachant très bien que son argument*
ne marcherait pas, mais tant pis.

Les cochons d'Inde sont beaux et gentils; les vers de terre ne sont que des vers de terre.

GRAND-PAPA

Donc les animaux qui sont beaux et gentils valent mieux que ceux qui sont laids et désagréables? Peut-on en dire autant des humains? Est-ce que les gens beaux et gentils (comme moi, par exemple)…

GRAND-MAMAN

(Elle fait un son qui ressemble à une petite explosion sortant de sa bouche, mais je ne sais pas comment le reproduire par écrit.)

GRAND-PAPA

J'aimerais poursuivre sans qu'on m'interrompe. Les gens beaux valent-ils plus que ceux qui sont laids et désagréables?

RIDEAU

Et, encore une fois, c'était très compliqué.

22 mai

LA VIVISECTION (suite et fin, enfin!)
À Mill House, assis à table pour le déjeuner, tandis que dehors il pleut à verse.

(Je ne me rappelle pas vraiment s'il pleuvait, mais je trouvais que la scène avait besoin de plus de détails dans son décor. De toute façon, il pleuvait très probablement. J'avais l'impression qu'il pleuvait tous les jours à Mill House.)

Brownie est couché par terre sous la table, dans l'espoir de ramasser quelques miettes, comme d'habitude.

PERSONNAGES SECONDAIRES
ET ACCESSOIRES

Du gruau, des rognons, des chats, etc.

LA JC

Je n'ai pas de bonne réponse. Je ne veux pas qu'on fasse mal aux cochons d'Inde, mais il m'arrive de couper des vers de terre en deux en retournant la terre du jardin avec une bêche. Cela ne sauve personne de la diphtérie, mais je ne me sens pas mal pour autant, pas plus que quand j'écrase un maringouin d'une bonne claque. J'abandonne!

GRAND-PAPA

Bravo! Bien dit, Dorothy!

LA JC

Hein?

GRAND-PAPA

Tu as montré que tu peux défendre ta position avec force, même si elle n'est pas totalement cohérente. N'oublie jamais : s'accrocher à la logique à tout prix est le propre des pauvres d'esprit. C'est quelqu'un de très intelligent qui a dit ça.

GRAND-MAMAN

Est-ce que ça veut dire que notre discussion quotidienne au sujet de la vivisection est terminée?

LA JC

Oui, s'il te plaît!

GRAND-MAMAN

Dieu merci!

RIDEAU

Grand-maman n'était pas la seule à être heureuse que le sujet soit clos. La différence entre les cochons d'Inde et les vers de terre commençait à me torturer l'esprit. J'ai retenu la citation de grand-papa, dans l'espoir de la resservir à quelqu'un d'autre, comme Irène Rudge. Mais je n'en aurai probablement pas l'occasion, car elle ne m'adressera plus jamais la parole.

23 mai

Tu penses peut-être qu'à Mill House, je ne faisais que déjeuner et discuter de vivisection. Mais mes journées étaient bien remplies. D'abord, il y avait d'autres leçons, celles de Mme Hawkins. Elle ne voyait pas d'un bon œil les leçons à partir de la lecture du journal, alors elle me faisait faire de l'arithmétique, mais pas tous les jours. Bien sûr, elle envoyait Millie et Owen à l'école, et ils étaient très jaloux. À voir les travaux que Mlle Caughey m'apporte à la maison, je n'ai pas pris trop de retard.

Il y avait aussi la collecte des œufs et les soins aux lapins et au jardin. Il y avait la pâte à scones à couper pour Mme Hawkins. Et il y avait l'exploration tant à l'intérieur qu'à l'extérieur de la maison.

Il y avait *Les Trois Mousquetaires*, avec des meurtres, des pendaisons, des empoisonnements et des épées à réparer.

Il y avait la collection de fossiles de grand-papa. (Je faisais semblant d'apprendre les sciences, mais en réalité, je jouais à en faire des familles. La famille des

Trilobites : la mère, le père et leurs bébés; la famille des Ammonites : Monsieur, Madame, Matante et leurs sept marmots.) Il y avait le casse-tête qui restait sur la table du salon jusqu'à ce qu'il soit fini et je trouvais toujours quelqu'un prêt à jouer au parchési ou aux échecs.

Je passais aussi beaucoup de temps au piano. On avait oublié de leur dire que je devais faire mes gammes, alors je n'en ai pas joué une seule pendant mon séjour. À la place, je jouais comme je l'aime le plus, c'est-à-dire seulement sur les touches noires, avec la pédale à fond. Les touches noires sonnent toujours belles et un peu mystérieuses. Quand je joue sur les touches noires, je m'imagine en train de chevaucher un cheval noir à travers la lande, mes cheveux blonds comme les blés volant au vent (quand je joue sur les touches noires, mes cheveux deviennent miraculeusement longs et blonds), les épaules entourées d'un châle. Je galope comme le vent, et les touches noires galopent sous mes doigts. À Mill House, personne n'était jamais agacé par mes chevauchées sur les touches noires, même les plus longues. Grand-maman m'a même dit que, quand on jouait sur les touches noires, ça s'appelait la gamme « pentatonique ». Alors, je suppose que j'aime la gamme de do parce qu'elle n'a aucun bémol ni dièse, et la gamme pentatonique, qui a seulement des bémols et des dièses. Ce sont les autres gammes qui sont ennuyeuses.

Que se passait-il d'autre, à Mill House? Il y avait la lecture, à toute heure du jour et un peu partout dans la maison à Mill House : des journaux et des magazines traînaient un peu partout, et des livres étaient laissés sur les fauteuils. Parfois, deux personnes lisaient le même livre, et ça faisait toujours toute une histoire si l'une des deux se l'accaparait. Dans les livres, il y avait des feuilles, des crayons ou des aiguilles à tricoter qui servaient de signets. Un jour, j'ai même trouvé un lacet. Et il y avait même un livre dans les cabinets : un recueil des *Contes de ma mère l'Oye*. Pendant mon séjour à Mill House, j'en ai lu toutes les histoires. Le titre pourrait faire croire que ce sont des contes de fées, mais la plupart n'en sont pas. Il y avait des histoires tordues et d'autres bizarres ou qui faisaient peur. La pire était celle d'un homme nommé Barbe Bleue. (Elle aurait dû être drôle, quand on pense aux *Mélis-Mélos* avec leurs faces vertes et leurs mains bleues, mais elle ne l'était pas du tout, parce qu'il tranchait la tête de toutes ses épouses.)

Il y avait aussi beaucoup de conversations à Mill House. Certains jours, avec tous les gens qui nous rendaient visite, on se serait cru dans une gare. Des gens du village, des amis de grand-papa et grand-maman, des parents, et tous adoraient parler. À la maison, les sujets de conversation des adultes semblent tout prêts d'avance, comme « Que dois-tu dire quand le pasteur vient prendre le thé? » ou « Papa et Charles discutent de politique ». À Mill House, les conversations étaient pleines de rebondissements : on sautait d'un sujet à l'autre, on oubliait ce qu'on voulait dire, on le retrouvait, on faisait fâcher les autres ou on les faisait rire. Les quelques fois où je me suis retrouvée seule dans le salon, j'ai eu l'impression que les conversations m'étaient renvoyées en écho par les murs ou qu'elles flottaient dans l'air avant de retomber, comme de la poussière, sur le piano et son tabouret.

24 mai

J'ai fait un pâté sur cette page, je l'ai recopiée, et voilà que j'en ai refait un autre, mais je NE vais PAS la recopier une deuxième fois.

25 mai

Phoebe est venue me voir aujourd'hui. Nous avons joué aux osselets, et elle m'a raconté qu'Irène a dit à Léa qu'elle « était trop simple pour être jolie et trop jolie pour être simple ». Quand Léa s'est montrée blessée, elle lui a dit qu'elle avait voulu lui faire un compliment. Puis Phoebe m'a demandé si j'avais envie d'aller au vieux marché, mais maman a dit que je n'avais pas la permission de sortir sans un adulte et qu'elle n'avait pas le temps d'y aller. Alors, nous avons joué encore un peu, mais je me sentais de mauvaise humeur. Quand Phoebe s'est assise sur mon lit, elle l'a défait, et je ne pouvais m'empêcher d'avoir hâte qu'elle s'en aille pour pouvoir refaire mon lit, mais en même temps, je ne voulais pas qu'elle parte.

Je suis de mauvaise humeur. Je voudrais être quelqu'un d'autre et m'enfuir dans les collines de Chankly Bore, où vont les *Mélis-Mélos*.

26 mai

Je ne me sens pas bien dans ma peau. Je n'aime pas me réveiller la nuit, effrayée par un cauchemar dont je ne me souviens même plus. Je n'aime pas cette sensation de me dédoubler. Je parle avec Phoebe, maman ou Asquith et, soudain en esprit, je me retrouve dans un autre coin de la pièce et je m'observe. Ce n'est pas une très bonne description. Je sais que je suis censée écrire au sujet de ce qui s'est passé sur le *Titanic*, mais je ne sais pas par quel bout commencer. Je sais que Mlle Caughey pense que ça m'aiderait, mais elle se trompe.

Par contre, elle a raison au sujet des *Mélis-Mélos* : ils sont réconfortants. La nuit, quand je n'arrive pas à me rendormir, je me récite le poème encore et encore.

L'onde ne tarda guère à pénétrer, dame, oui!
L'onde ne tarda guère à partout pénétrer;
Pour les tenir au sec ils se mirent les pieds
Dans un papier buvard soigneusement plié
Et qu'avec une épingle ils maintinrent fixé.
Ils passèrent la nuit dans un pot de faïence,
Et chacun d'eux de dire : « Admirez notre aisance!
Si le ciel est bien noir, et bien long le voyage,
Nous ne saurions penser qu'il est mal à notre âge
De tourner en rond dans notre petit Tamis! »

Parfois, les mots « un papier buvard soigneusement plié » ne cessent de se répéter dans ma tête.

27 mai

Maman a un nouveau chapeau. La modiste est venue le livrer ce matin. Les chapeaux ont leur langage, tout comme les bateaux. Maman et la modiste disaient des choses comme : « rubans de feutre bleus et verts artistiquement entrelacés, calotte basse, plume tachetée, dentelle de Chantilly et un cabochon en touche finale ». Maman a dit à la modiste que l'effet était si léger que le moindre souffle de vent semblait pouvoir emporter ce chapeau. La modiste lui a répondu que c'était le plus beau compliment qu'on puisse faire au sujet d'un chapeau.

Grand-maman n'avait pas l'habitude de porter de chapeaux. La première fois que nous sommes allées à pied au village, j'ai cru qu'elle l'avait oublié et je le lui ai fait remarquer. Elle a dit : « Oh! Je n'aime pas beaucoup les chapeaux. J'aime sentir le soleil sur ma tête et le vent dans mes cheveux ». J'ai eu beaucoup de mal à m'y habituer. Je crois que je n'ai jamais vu une adulte se promener sans chapeau dans les rues d'Halifax. Grand-maman portait un chapeau à l'église, mais il était très ordinaire, en feutre brun, sans rien pour lui donner une « touche finale ».

La seule fois où j'ai vu grand-maman avec un vrai chapeau, c'est quand grand-papa et elle ont organisé une soirée costumée. Pas pour une occasion spéciale. Juste parce qu'ils aimaient organiser des fêtes, très différentes de celles de maman et papa, où les invités se contentent de manger et de bavarder, et à l'occasion de jouer de la musique. Il y avait toujours quelque chose à faire aux fêtes de grand-maman et grand-papa. Parfois, c'était une vraie pièce de théâtre, comme *Le songe d'une nuit d'été* de William Shakespeare. (Ça me rappelle que je ne l'ai pas encore décrite : l'écriture de ma propre pièce de théâtre m'a trop absorbée. Tout ce que je vais en dire pour l'instant, c'est que grand-maman avait peint un décor de forêt directement sur le mur! Assez surprenant n'est-ce pas?) D'autres fois, ils organisaient des soirées à thème. Par exemple, ils avaient fait une soirée arabe, et les gens étaient venus drapés dans de grands châles de soie brodée. Quand Mme Hawkins les avait vus arriver, elle avait dit : « Il doit y avoir pas mal de pianos tout nus dans le voisinage, ce soir ».

Les hommes portaient des pantalons bouffants de couleurs vives, ou leur robe de chambre et leurs pantoufles ornées de breloques. Grand-maman s'était fabriqué un turban de velours violet, qu'elle avait décoré de plumes. Millie et moi avions regardé des gravures dans les histoires d'Aladin et d'Ali Baba, et nous portions des châles attachés à la taille et des bracelets en perles de verre aux chevilles. Nos costumes n'intéressaient pas Owen, mais il a essayé de se fabriquer un cimeterre, un sabre oriental, qui, finalement, était trop courbé.

Nous avions mis tous les tapis au salon. Nous les avions étendus sur des caissons pas trop hauts. Un jeune homme de je ne sais où (la Russie?) jouait au piano de la musique orientale, ondulante comme un serpent, et Mme Burns, qui habite au village, chantait des chansons qui parlaient de harems et d'amour dans le désert, tout en fixant un vase à fleurs. Les adultes étaient plus extravagants que les enfants.

Millie, une jeune dame qui s'appelait Dora et moi avons exécuté la danse des sept voiles avec les rideaux de gaze de la cuisine jusqu'à ce que Millie se cogne l'orteil contre un des caissons recouverts de tapis.

Mme Hawkins avait fait des gâteaux au miel, et un des invités avait apporté un délice oriental, des loukoums, que je voudrais manger tous les jours jusqu'à la fin de ma vie. Millie et moi avions essayé de faire de l'eau de rose en faisant bouillir des pétales de roses séchés, mais l'eau est devenue grise et avait un goût de poussière, alors nous avions abandonné l'idée d'aider à cuisiner. Plus tard, quand tout le monde a été fatigué, il y a eu un souper plutôt simple. Mme Hawkins a dit que c'était bien beau d'être des Arabes, mais tout le monde a besoin d'une bonne tasse de thé, après un certain temps.

Je n'arrive pas à imaginer M. Niven, de la banque de papa, se présenter à une réception avec des pantoufles ornées de breloques.

28 mai

Aujourd'hui, le pasteur est venu souper chez nous.

La scène se déroule dans notre salle à manger
PERSONNAGES
M. et Mme Wilton, *un banquier et son épouse.*
Le Révérend Hill et Mme Hill, *un pasteur et son*

épouse.

M. et Mme Fraser, *des gens de leur église.*

Mlle Doughty, *responsable de la sacristie.*

Dorothy Wilton, *survivante du Titanic.*

LE RÉVÉREND HILL

Alors, Mme Wilton, que pensez-vous de ces suffragettes, du vote et de tout le reste?

(La survivante du *Titanic* interrompt sa rêverie et tend l'oreille. C'était un sujet de discussion qui revenait souvent, à Lewisham.)

MME WILTON

Je n'en vois pas l'intérêt. Je voterais certainement si...

MLLE DOUGHTY

Avez-vous lu les nouvelles au sujet de la grande manifestation à New York? Des milliers de femmes, certaines à cheval, ont défilé pour montrer qu'elles voulaient avoir le droit de vote. Je n'en reviens pas! Vous imaginez le genre de racaille qu'elles peuvent rencontrer dans une telle foule?

LE RÉVÉREND HILL

Des femmes honorables, j'en suis sûr. Honorables, mais qui sont dans l'erreur.

MME HILL

Oui, dans l'erreur! Je crois, certainement tout comme vous d'ailleurs Esmée, que notre contribution à l'avenir de la nation est de rester dans nos foyers pour prendre soin de nos maris et de nos enfants. J'ai pour mon dire que l'avenir du monde est entre les mains de la femme qui berce son enfant.

MME WILTON

Exactement! Et nous laissons croire aux hommes que ce sont eux qui font avancer les choses.

Toute la tablée rit.

LE RÉVÉREND HILL

Vous avez parfaitement raison, Esmée. Qu'on pense aux femmes de notre paroisse, à celles qui s'occupent de notre sacristie, comme notre bonne Mlle Doughty ici présente, qui font un excellent travail! Où en serions-nous sans elles? Je vous le demande : où en serions-nous?

MME HILL, *aussi appelée « l'écho ».*

Oui, où en serions-nous?

M. FRASER, *souriant à Dorothée.*

Je n'ai qu'une chose à dire au sujet des suffragettes et de ceux qui veulent l'égalité entre les femmes et les hommes : pensez au *Titanic*.

Toute la tablée hoche la tête.

M. WILTON

Vous voulez parler des hommes qui ont laissé les femmes et les enfants embarquer les premiers dans les canots de sauvetage?

LE RÉVÉREND HILL

Précisément. La galanterie masculine et la bravoure.

Le sacrifice de soi, conformément à l'idéal chevaleresque.

Toute la tablée hoche la tête, sauf M. Wilton.

M. WILTON
Mais ce sont bien des hommes qui ont dit que le *Titanic* était insubmersible? Ce sont bien des hommes qui ont décidé du nombre de canots de sauvetage?

Toute la tablée est interloquée, surtout Mme Wilton.

LE RÉVÉREND HILL, *avec un petit rire,*
du genre de ceux qu'on fait quand on veut faire croire qu'on est amusé, alors que, en réalité, on est agacé.
Eh bien, ma foi! Personne ne s'attend à avoir des femmes ingénieurs de la marine, il me semble. Ah ah! De toute façon, assez discuté. Je suis sûr que Dorothy ne tient pas à ce qu'on s'étende davantage sur la tragédie survenue lors de cette nuit fatale, maintenant qu'elle est saine et sauve chez elle.

L'ÉCHO
Oui, saine et sauve chez elle.

MME WILTON
Encore un peu de gâteau, quelqu'un?

RIDEAU

C'était toute une surprise. Papa avait parlé comme grand-papa et grand-maman.

29 mai

Je viens de penser à une chose. Une évidence, mais je n'y avais jamais pensé avant. Papa a vécu là-bas. Quand il était petit, il s'assoyait à la table du déjeuner et écoutait ces discussions. Grand-maman et grand-papa étaient ses parents, tout comme maman et papa sont les miens. Est-ce qu'il jouait dans leurs pièces de théâtre? Grand-maman lui tricotait-elle des vêtements en laine teinte avec des plantes? Est-ce qu'il jouait du piano seulement sur les touches noires?

Il ne parle jamais du temps où il était un petit garçon, sauf quand il lève les yeux au ciel et dit des choses comme : « Font-ils encore venir des Russes pour peindre ces affreux tableaux sur leurs murs? Je suis si content que ta mère préfère le papier peint! »

Ce soir, au souper, j'ai compris qu'il devait avoir ce genre de discussions avec grand-papa. *Pense par toi-même. Prends position et défends ton point de vue.* Là, il ne l'a pas vraiment défendu. Tout le monde aurait été mal à l'aise. Mais il l'a dit quand même : et si des *femmes* avaient participé à la conception du *Titanic*?

Une autre chose m'intrigue, au sujet du pasteur. Suis-je la seule à remarquer ce genre de choses? Suis-je la seule à me rendre compte que certaines personnes agissent d'une façon, mais que ça ne correspond pas du tout à ce qu'elles sont en réalité?

Irène Rudge le fait tout le temps, elle est extrêmement polie et aimable avec les adultes, mais insupportable et méchante avec les autres filles. Moi qui avais hâte d'être une adulte pour échapper à ce genre de choses! On dirait bien que ça continue, pourtant. Peut-être même que ça empire.

30 mai

Je me suis réveillée tôt. La lumière passait à travers mes rideaux en dentelle, et l'ombre projetée sur mon couvre-lit en reproduisait le dessin. J'ai remarqué qu'un des pans du rideau n'était pas complètement tiré, alors je me suis levée pour le rapprocher et ainsi faire coïncider les motifs. C'était un lever de soleil tout en rose. Lequel est le plus beau : le lever ou le coucher du soleil? Lequel des deux?

Grand-maman et grand-papa jouaient tout le temps à « Lequel des deux ». Les crêpes épaisses ou les minces? Le cheval ou la bicyclette? Les batailles d'eau ou de boules de neige? La pantomime ou le guignol? *Alice au Pays des Merveilles* ou *De l'autre côté du miroir?* Quand grand-maman et grand-papa jouaient à ce jeu, ils criaient, se coupaient la parole, tapaient sur la table (« Les crêpes épaisses, Augusta! Rien d'autre! »), toujours en riant. Au début, je disais : « J'aime les deux ». Mais on appelle ça « niaiser », et ce n'est pas permis. J'ai appris à choisir, à tenir ma position et à la défendre jusqu'à... jusqu'à en avoir le visage tout bleu, ou presque. Maman et papa ne comprennent pas ce jeu. Ils ne font que niaiser.

Une des meilleures parties que j'aie faites, c'était avec grand-papa, au bord de la rivière. Nous étions en yole, et il faisait semblant que c'était le *Titanic*. C'était un de ces jours où il m'enseignait des faits : longueur, largeur, poids, nombre d'hélices. Le nombre le plus élevé était trois millions de rivets. « Et nous allons le voir dans quelques semaines, me disait-il. Te rends-tu compte? Tu en parleras à tes petits-enfants. C'est une des grandes merveilles du monde. Le quai de Southampton fait 6,5 hectares de surface. On pourrait y installer tout notre village! »

Nous nous sommes amarrés à notre quai, qui ne faisait pas le millième d'un hectare. « La rivière ou la mer? » m'a demandé grand-papa.

Évidemment, il a choisi la rivière, car il en avait une au bout de son jardin et qu'il vivait dans cette maison depuis son enfance. Et moi, je devais faire honneur à Halifax et choisir la mer.

La mer a des vagues.

La rivière coule dans une direction précise.

L'eau de la mer est salée, et on y flotte mieux que dans l'eau douce.

On peut boire l'eau de la rivière.

Dans la mer, il y a des baleines.

C'est alors que grand-papa a utilisé une stratégie spéciale pour gagner : la stratégie des listes. Dans la rivière, il y a des carpes, des perches, des brochets, des anguilles et des barbottes… et je ne me rappelle plus le reste de sa liste de poissons. Il a gagné.

Je n'ai pas dit que, dans la mer, il y avait des icebergs. Je ne pensais pas aux icebergs quand j'étais assise sur le quai de la rivière Quaggy avec mon grand-papa. Si nous pouvions recommencer ce jeu, je choisirais la rivière.

31 mai

Un mystère au sujet des adultes : pourquoi ne jouent-ils pas? Maman et papa ne jouent jamais. Papa joue au golf, et ils jouent tous les deux au whist, mais ce ne sont pas de vrais jeux. Je veux dire qu'ils ne jouent jamais à se laisser tomber dans les feuilles mortes, ils ne construisent jamais des forts et ils ne jouent jamais à cache-cache. En plus, ils édictent les règles, comme ne pas grimper aux arbres. Pourtant, ils excelleraient à ce jeu, car ils sont assez grands pour atteindre les branches les plus basses, mais ils ne veulent pas. À quoi ça sert de devenir un adulte si tout ce qu'on peut faire c'est aller au bureau ou recevoir des dames pour le thé?

Mais ce n'est pas vrai que les adultes ne jouent jamais. Grand-papa sait jouer.

Une scène de théâtre pour appuyer mon point de vue.

DÉCOR
La berge sablonneuse de la rivière Quaggy. Des racines d'arbres forment de petites cavernes dans l'eau peu profonde.

PERSONNAGES
Grand-papa, grand-maman, Owen, la Jeune

Canadienne *(Millie avait une réunion de guides.)*

ACCESSOIRES
Un pique-nique dans un panier, un message dans une bouteille, des bonbons à la réglisse dans un sac en papier.

GRAND-MAMAN
Oh zut! J'ai oublié le sel. C'est fade, un œuf dur sans sel.

GRAND-PAPA
Regardez! Qu'est-ce que c'est? Là, près du bord, vert et luisant. Owen, Dorothy, allez donc voir de près!

OWEN, *tenant la main de la JC afin qu'elle puisse se pencher au-dessus des racines et attraper le mystérieux objet. Une bouteille fermée par un bouchon de liège.*

On dirait qu'elle contient quelque chose : un papier?

LA JC, *en criant hourra!*
J'ai toujours rêvé de trouver un message dans une bouteille. Toujours, toujours! C'est mon plus cher désir! Il faut l'ouvrir, vite!

(J'ai vraiment dit ça.)

GRAND-MAMAN
J'ai peut-être oublié le sel, mais pas le tire-bouchon. Tiens!
Owen enlève le bouchon et retire de la bouteille un vieux bout de papier très abîmé. Dessus, il y a une carte et une note écrite en pattes de mouche. Il le tend à la JC.

LA JC

Il est écrit : « Je lègue à la postérité ce trésor que j'ai découvert dans les montagnes de la Sierra Madre. Puisse celui qui le trouvera connaître autant de bonheur que j'ai connu de malheur. Josiah Q. Snedden, capitaine de l'*Armadillo Volant*. »

OWEN

Comment une bouteille peut-elle remonter le courant?

Personne ne prête attention à Owen.

GRAND-MAMAN

Qui veut un sandwich au fromage et au cresson?

GRAND-PAPA

Augusta! Tu manques vraiment d'à-propos! Tes sandwichs ne nous intéressent pas. Nous sommes peut-être sur le point de faire une importante découverte. Jetons un coup d'œil à cette carte. Oui! Vous voyez la courbe que fait la rivière là-bas, juste après ce grand chêne? On dirait la même que sur la carte.

LA JC

Qu'est-ce qu'on attend?

GRAND-MAMAN

Je vais rester ici et surveiller le pique-nique, au cas où il y aurait des maraudeurs.

Grand-papa, Owen et la JC remontent la rivière, franchissent une haie à l'aide d'un échalier installé par-dessus, puis passent devant des fondations datant de l'occupation romaine, toutes ces choses étant clairement indiquées sur la carte. Ensuite, ils passent devant une grange surmontée d'une girouette, puis devant un grand hêtre et un poteau de clôture d'un blanc éclatant.

(Pourrait-on réaliser ces décors sur une vraie scène? En tout cas, il faudrait une très très grande scène.)

LA JC

Dernier indice : un mur de pierres. Le voilà! Il faut trouver une pierre verte avec deux anneaux blancs.

GRAND-PAPA, *en s'assoyant le dos*
contre le mur.

Cette chasse au trésor est fatigante. Je dois m'asseoir.

La JC et Owen examinent le mur. Ils ne voient pas de pierre verte avec deux anneaux. Ils essaient de retirer du mur des pierres vertes ou des pierres avec deux anneaux ou n'importe quelles vieilles pierres.

GRAND-PAPA

Arrêtez! Le mur va s'écrouler! Notre chasse au trésor est un échec, je crois. Allez! Au moins, nous avons des sandwichs au fromage et au cresson qui nous attendent.

Le grand-papa se lève.

OWEN

La voilà! Là où tu étais assis! Les deux anneaux! *Owen retire la pierre et plonge la main dans la brèche. Il en ressort un sachet rempli de bonbons à la réglisse.* Le voilà, le trésor!

Les chasseurs de trésor retournent à l'emplacement du pique-nique tout en discutant de bonbons à la réglisse.

Ceux qui sont recouverts de petites billes bleues en sucre sont les meilleurs parce qu'on peut les laisser fondre longtemps dans la bouche.

Non. Ceux qui ont plusieurs couches sont meilleurs parce qu'on peut les manger couche par couche.

Tous les puristes préfèrent les boulettes noires, faites uniquement de réglisse.

Seuls les bonbons qui sont cylindriques contiennent de la noix de coco. En plus, ils ressemblent à un schéma de la Terre, avec la réglisse au centre, représentant le noyau solide, liquide ou gazeux, et l'anneau rose représentant le reste.

(Ces répliques peuvent être dites par différents personnages, mais la JC se réserve celle où on parle des bonbons cylindriques parce qu'elle les adore, surtout ceux avec un anneau rose.)

GRAND-PAPA

Lesquels devrions-nous garder pour Augusta et Millie?

RIDEAU

Le trésor ne nous a pas du tout coupé l'appétit. Nous avons mangé tous les sandwichs, les œufs durs, le gâteau aux cerises et aux noix, les pruneaux et la bière au gingembre. Grand-maman a protégé sa part du butin jusqu'à la fin et n'a offert à personne de partager avec elle.

Mais voici ce que je veux dire à propos du jeu. Bien sûr, grand-papa avait écrit la note et avait caché la bouteille. J'en étais arrivée à cette conclusion pendant que je grimpais dans l'échalier. Owen avait compris lui aussi, et même avant moi. Mais en faisant semblant de croire au capitaine Snedden, on continuait de s'amuser. Ils ne savent pas s'amuser, les adultes qui disent : « Ne te laisse pas emporter par ton imagination ». Quand on se laisse emporter par son imagination, on s'amuse et, en prime, on a des bonbons à la réglisse (surtout les cylindriques avec l'anneau rose!), du moins parfois.

1er juin

Lapin blanc.

Mme Hawkins a dit que ça portait chance de dire « lapin blanc » dès qu'on se réveille, le premier jour du mois. Ce matin, je m'en suis souvenue et je l'ai tout de suite écrit, pour que ça me porte encore plus chance. La première fois que j'aurais pu essayer ce truc, c'était le 1er avril, mais j'ai oublié. En effet, ce matin-là, Brownie m'a réveillée en léchant ma main qui pendait sur le côté de mon lit et j'ai dit « Brownie, arrête! » avant de me rappeler les mots magiques. Et le 1er mai, j'ai encore oublié parce que je n'arrêtais pas de penser à Irène.

C'est idiot de se dire que, parce que j'ai oublié de dire « lapin blanc » le 1er avril, un paquebot gros comme une ville a heurté un iceberg gros comme un château fort. Mais les gens disent beaucoup de sottises. On dit que c'était prétentieux de nommer ce paquebot *Titanic* et qu'ainsi les humains ont causé la catastrophe. On dit aussi que, quand un autre navire a failli entrer en collision avec le *Titanic* lors de son départ de Southampton, c'était un mauvais présage. On dit que, quand le chauffeur a surpris tout le monde en sortant sa tête couverte de suie hors de la cheminée, c'était aussi un mauvais présage. On dit qu'en Angleterre, pendant la nuit du naufrage, une fillette mourante s'est réveillée en disant : « Pourquoi ce paquebot est-il en train de couler? », ou quelque chose comme ça.

Grand-papa a dit qu'on ne pouvait pas savoir ce qui allait arriver dans le futur puisque ce n'était pas encore arrivé. Il a dit que la cartomancie, le spiritisme et tout le reste, c'étaient des attrape-nigauds.

Il a raison, évidemment. Mais je n'oublierai plus jamais de dire « lapin blanc ». Jamais.

2 juin

Le calme des dimanches après-midi est très particulier. On dirait que la maison a retiré ses chaussures, a enfilé ses pantoufles et s'est installée dans un bon fauteuil pour roupiller, cachée derrière son journal.

Il y avait un invité au dîner : Cédric, l'ami de Charles. Cédric est très collet monté et il m'ignore complètement. En plus, il a les cils blonds. Je suppose que, chez quelqu'un de très sympathique, je supporterais les cils blonds, mais comme Cédric est la première personne aux cils blonds que j'aie rencontrée, je trouve que ce n'est pas joli. Papa et lui ont parlé de cricket. Ils n'ont pas vraiment parlé, ils ont plutôt échangé des chiffres et des mots *googlies*, *runs* et *leg byes*. J'ai remarqué cela chez les hommes : quand ils parlent entre eux, ils se lancent à la tête des chiffres et des faits. C'était comme ça en Angleterre aussi. Quand grand-papa était avec grand-maman et moi, il parlait de tout et de rien. Quand Owen et Millie étaient avec moi, il était encore normal. Mais quand Owen et grand-papa étaient ensemble, ils ne parlaient que de faits, de faits et de faits qu'ils se lançaient l'un l'autre. Quand papa a écrit qu'il m'avait acheté une place sur le *Titanic*, ils se sont mis à compiler tout ce qu'ils pouvaient trouver au sujet du paquebot. Les femmes de la famille essayaient alors de s'interposer ou de participer à la discussion, mais c'était difficile. L'heure du thé ressemblait à ce qui suit.

LES FAITS
SCÈNE I

GRAND-PAPA
Trois millions de rivets.
OWEN
Cinq cents livres de pamplemousses.
GRAND-PAPA
Quatre cheminées, dont une qui est fausse.
GRAND-MAMAN
Alors, d'après toi Dorothy, quelles sont nos chances d'avoir un tremblement de terre aujourd'hui?

LA JC

Je crois que nous allons y échapper pour cette fois, mais je suis très inquiète des rumeurs au sujet d'un hérisson géant aperçu dans le comté.

OWEN

Les moteurs alternatifs...

GRAND-MAMAN

Est-ce que je t'ai dit que le roi serait des nôtres pour le thé, demain? Je me demande si on pourrait convaincre Mme Hawkins de faire un gâteau aux noix.

MILLIE

Je ne crois pas qu'il aimerait ça. J'ai lu dans le *Times* qu'il avait perdu toutes ses dents.

GRAND-PAPA

Une cloche de laiton de quarante-trois centimètres de diamètre...

Et ainsi de suite. Ils ont continué jusqu'à ce que grand-maman se mette à rire si fort qu'elle s'est étouffée. Grand-papa a alors cessé de cracher des faits et lui a donné une grande tape dans le dos.

3 juin

Il y a encore des articles au sujet du *Titanic*, dans le journal. Depuis que je suis rentrée d'Angleterre, je lis le journal. Enfin, j'en lis des parties. Et pas celles qui parlent du prix du caoutchouc.

Avant de prendre le *Titanic*, je n'y pensais pas

beaucoup. Je craignais le mal de mer. Je craignais Mlle Pugh et ses manies agaçantes. Je ne voulais pas retourner à la maison et quitter tous les gens de Mill House, alors je ne voulais pas penser à ce qui s'en venait. Mais un matin d'avril, grand-papa était très excité en lisant dans le journal des informations sur les essais du *Titanic*. C'était quand ils l'ont fait naviguer de Belfast, où il a été construit, jusqu'à Southampton, où je devais embarquer. Je n'y ai pas vraiment prêté attention. Il était principalement question de vitesse qui, pour je ne sais quelle raison, se mesure en « nœuds » pour les bateaux. Quand je pense à des nœuds, je vois des lacets de chaussure ou des fils de marionnettes tout emmêlés. Maintenant, quand je repense à ce matin-là, assise à déjeuner avec grand-papa qui nous lisait son journal à voix haute tandis que nous mangions notre gruau, je me rappelle deux choses. D'abord, quand ils ont renversé la vapeur, il leur a fallu presque un kilomètre pour s'arrêter. C'est la distance qui sépare mon collège de la citadelle d'Halifax. S'il faut tant de temps aux paquebots pour s'arrêter, je me demande pourquoi il n'y en a pas plus qui heurtent des icebergs. Ensuite, quand ils ont fait les essais avec la radio, ils ont réussi à parler à des gens dans des ports situés à 5 000 kilomètres de distance. J'aimerais bien qu'on ait une radio comme celle-là, car je pourrais parler avec grand-papa et grand-maman en ce moment même. J'aimerais aussi parler à Brownie, même si je pense qu'il n'aimerait pas avoir des écouteurs sur les oreilles.

4 juin

L'an dernier à l'école, nous avons appris que les premiers explorateurs du centre du Canada transportaient avec eux du pemmican. C'est un aliment qui se conserve longtemps et qui leur a permis de survivre. J'ai l'impression que mes souvenirs de Mill House sont un peu comme du pemmican. J'y fais bien attention, mais de temps en temps, je peux en déguster un petit morceau. Comme celui-ci.

Un jour, grand-papa m'a demandé de porter une lettre à la poste, au village. Je pouvais m'y rendre par la route ou à travers champs. Je voulais passer par les champs, car il y avait des agneaux nouveau-nés, mais comment ne pas m'égarer? Grand-papa m'a donc dessiné un plan. J'ai traversé plusieurs champs, et des petits agneaux tout curieux sont venus me voir, puis se sauvaient brusquement, tout effarouchés. J'ai suivi le plan, j'ai ramassé de la laine accrochée aux clôtures et j'ai traversé des haies à l'aide des échaliers. Je faisais semblant d'être à la recherche de l'entrée d'une contrée enchantée, et je n'ai pas remarqué que j'étais entrée dans un champ où se trouvait une vache. En fait, ce n'était pas une vache. C'était un taureau. Je devais traverser ce champ en diagonale et j'étais rendue en plein milieu quand j'ai aperçu le taureau et que le taureau aussi m'a aperçue. Il s'est avancé vers moi, très lentement, mais l'air bien décidé. J'ai vite fait le tour de la situation. Est-ce que je portais quelque chose de rouge? Heureusement que non, car tout le monde sait que le rouge énerve les taureaux.

Alors, je me suis EFFORCÉE de marcher calmement et d'un pas régulier en direction de la barrière à l'autre bout du champ. C'est alors que je l'ai vu, le timbre rouge sur l'enveloppe que je transportais, du côté visible. J'ai vite caché la lettre dans ma tunique et je me suis mise à courir. Je ne pouvais pas me retourner, mais j'étais sûre d'entendre le taureau galoper derrière moi. Un champ de vaches, c'est plein de trous et de bosses. J'ai donc trébuché et je suis tombée, mais je me suis aussitôt relevée, comme une balle qui rebondit, et j'ai réussi à me rendre jusqu'à la barrière. Le taureau avait l'air féroce et déçu.

J'étais plutôt sale quand je suis rentrée à la maison (après avoir déposé la lettre, juste un peu froissée, à la poste), mais ça ne dérange pas grand-papa et grand-maman qu'on soit sale. Quand je leur ai raconté mon histoire, ils ont tous les deux dit que j'avais été brave et même héroïque. Puis grand-papa a dit que l'histoire du rouge avec les taureaux était une légende (pas comme la légende d'Hercule, mais comme une histoire qui n'est pas vraie) et que, si le taureau m'avait poursuivie, c'était probablement parce que je m'étais mise à courir. Même si je le savais, je n'ai pas retraversé ce champ. Je n'ai pas couru comme ça depuis mon retour!

5 juin

Voici un morceau de pemmican un peu plus gros.

Mlle Caughey est venue pour le thé, cet après-midi, et elle m'a fait pleurer. Pas par méchanceté. Au contraire!

Elle m'a apporté tout un sac de livres. Elle a dit à maman que lire pour le plaisir pendant que je ne fréquente pas l'école serait bon pour mes études.

Dès que j'ai posé les yeux sur les livres, je me suis mise à pleurer parce que, parmi eux, il y avait *Les enfants du chemin de fer*, une des choses que j'ai perdues.

Mlle Caughey a été très gentille : en me voyant pleurer, elle m'a tendu son mouchoir, car j'avais oublié d'en glisser un dans ma poche. Elle m'a dit qu'E. Nesbit était un de ses auteurs préférés. Puis j'ai dit une chose qui l'a complètement sidérée. Elle en est restée bouche bée. Je lui ai dit que j'avais rencontré E. Nesbit et que j'étais même allée chez elle. Elle a voulu que je lui raconte ma visite dans les moindres détails. Elle m'a écoutée avec tant d'intérêt qu'à la fin son thé était froid.

Grand-maman et grand-papa rendaient souvent visite aux gens et ils m'emmenaient toujours avec eux. Un jour, grand-papa n'a pas voulu me dire où nous allions. Il était impatient de révéler son secret et n'arrêtait pas de dire des choses comme : « Attends-toi à toute une surprise ».

Nous avons pris le train, puis un chariot tiré par un poney, et nous sommes arrivés devant une grande maison à trois étages. Il y avait tant de lierre qui grimpait sur ses murs qu'elle semblait faite en lierre, avec des trous découpés pour les portes et les fenêtres. Une dame est sortie et est venue nous accueillir. « La voilà! La Canadienne! » a-t-elle dit. Grand-papa me l'a présentée sous le nom de Mme Bland.

Elle portait une robe brodée, sans taille, avec un genre

de long manteau par dessus, brodé lui aussi, et elle avait plein de bracelets d'argent aux poignets. Ses cheveux étaient bruns et frisés, avec des mèches qui retombaient. Elle fumait une cigarette. Elle était assez corpulente et, pourtant, à la regarder bouger, on aurait dit qu'elle pouvait se mettre à sautiller à tout moment. C'était un personnage coloré.

Au début, j'étais intimidée, car c'était le genre de personne qui vous regarde droit dans les yeux. Mais ensuite, elle m'a entraînée dans le grand salon et m'a montré quelque chose qu'elle avait fabriqué. Elle l'appelait « La cité magique ». C'était une grande table entièrement recouverte par une sorte de monde en miniature, avec toutes sortes de constructions. Il y avait des temples, des étangs, des cathédrales, des tours, des arcs de triomphe et d'autres bâtiments dont j'ignorais les noms. Je ne savais pas quoi dire jusqu'à ce que je remarque les dominos qui ornaient un des murs de la cité.

Puis, en regardant attentivement, j'ai reconnu des pièces d'échec, des boîtes, des chandeliers, des rince-doigts en laiton, des cendriers, des boîtes à biscuits, des figurines en ivoire et le couvercle d'une théière. C'était magique et amusant. J'ai alors souhaité deux choses. D'abord, de pouvoir rapetisser pour visiter cette cité à pied. Ensuite, d'en fabriquer une moi-même. Je l'ai dit à Mme Bland, car elle est du genre à qui on se confie facilement. Elle a dit que je devais réaliser mes deux souhaits : fabriquer ma cité en miniature et m'imaginer toute petite.

Avec tout le temps que nous avons passé à explorer toutes les rues et les ruelles, toutes les tours et les places de la cité magique, j'ai complètement oublié ma timidité.

Au dîner, il y avait d'autres gens, tous des adultes que je ne connaissais pas. Grand-papa et Mme Bland se sont disputés de façon aussi vive qu'amusée au sujet de Shakespeare et du bacon.

Quand j'ai mentionné le bacon à Mlle Caughey, elle a éclaté de rire. Je lui ai demandé ce qu'il y avait de drôle, et elle a dit qu'elle m'expliquerait plus tard. Elle voulait d'abord entendre la suite de mon histoire.

Après le dîner, Mme Bland et moi sommes sorties, même s'il pleuvait. Le jardin était comme une grande pièce avec des murs faits d'arbres et d'arbustes. Brownie courait en rond, et nous avons trouvé une balle pour le faire jouer. Il y avait des crocus et des perce-neige. Mme Bland m'a raconté qu'une fois, lorsqu'elle était une petite fille et qu'elle était toute bien mise pour une visite, sa mère lui a dit d'aller dehors et de ne pas se salir. Mais elle avait des grands frères et quand ils l'ont vue, ils se sont dit qu'elle était belle comme une fleur et ils ont décidé de la planter. Ils ont creusé un trou et l'ont plantée dedans! Ce n'était pas génial pour sa belle robe toute propre et, comme de raison, sa mère était furieuse. J'ai dit à Mme Bland que j'avais un grand frère moi aussi et que je savais ce que c'était, de se sentir traitée comme un jouet. Nous étions d'accord pour dire que c'était ridicule d'envoyer des enfants dehors en leur demandant de ne pas se salir.

Puis Mme Bland m'a montré les douves. Je ne savais

pas que les maisons pouvaient avoir des douves. Je croyais que seuls les châteaux forts en avaient. Il y avait un radeau attaché, qui semblait fait de piquets de clôture. Mme Bland m'a dit qu'elle l'avait construit et qu'elle m'aurait bien invitée à embarquer, sauf qu'il n'était pas « sécuritaire ».

Il s'est arrêté de pleuvoir, et nous nous sommes assises au bord des douves. Mme Bland m'a raconté qu'elle avait perdu patience avec un homme qui lui avait dit que le radeau n'était pas bien construit. « J'ai beaucoup de mal à gérer mes humeurs, a-t-elle dit. J'ai toujours été comme ça. » Puis elle m'a demandé si moi aussi j'avais cette difficulté, et j'ai dit que non. Elle a dit que j'avais beaucoup de chance d'avoir bon caractère parce que, quand on s'emportait rapidement, la vie n'était vraiment pas facile.

(Évidemment, je me trompais sur moi-même. Mais c'était avant que je gifle Irène Rudge et avant Mlle Pugh et avant cette nuit à bord du *Titanic*, mais passons.)

Cette conversation avec une adulte était étrange, d'autant plus que je venais tout juste de la rencontrer. Elle a continué en me racontant la solution qu'elle avait finalement trouvée : puisqu'elle ne pouvait pas s'empêcher de s'emporter, tout de suite après, elle se demandait : « Suis-je vraiment fâchée ou suis-je en train de prendre plaisir à me fâcher? » Et elle devait avouer que, la plupart du temps, elle y prenait plaisir. Alors, elle s'arrêtait et faisait ses excuses.

Je me rappelle avoir pensé que je ne connaissais pas une seule mère à Halifax avec qui j'aurais pu avoir ce genre de discussion, ni aucune mère qui aurait construit un radeau avec des piquets de clôture ou toute autre chose. Encore moins une « cité magique ».

Mais ces réflexions ne regardaient que moi, alors je n'en ai rien dit à Mlle Caughey et j'ai repris mon histoire à partir du moment où Mme Bland m'a donné le livre *Les enfants du chemin de fer*. C'est au moment où elle l'a autographié pour moi que j'ai compris que Mme Bland et E. Nesbit étaient une seule et même personne. Elle a dessiné une petite feuille de trèfle. Par la suite, j'ai vu que le trèfle était en fait ses initiales E B, pour Edith Bland, qui est son vrai nom dans la vie de tous les jours.

De retour à Mill House, j'ai lu le livre d'une traite. J'avais même continué à le lire pendant le souper, ce qui ne dérangeait pas grand-maman. Rendue au dernier chapitre, j'avais les yeux trop fatigués pour lire, alors grand-maman l'a terminé à voix haute. Nous avons tous pleuré, y compris grand-papa, même s'il prétendait le contraire.

J'ai relu le livre une seconde fois pendant mon séjour en Angleterre. J'ai encore pleuré, même si je savais ce qui allait arriver. Je ne sais pas pourquoi les fins heureuses peuvent faire pleurer autant que les fins malheureuses.

Maman a dit que Mme Bland semblait plutôt bohème et elle se demandait si ses livres étaient recommandables. Mlle Caughey lui a répondu qu'ils étaient très bien écrits et des plus recommandables et que, la prochaine fois qu'elle viendrait, elle en apporterait un autre qui a pour titre *Cinq enfants et moi*.

Je viens de reprendre la lecture de *Les enfants du chemin de fer* pour la troisième fois. J'en suis à la fin du premier chapitre, au moment où ils croient que ce sont des rats qui font les bruits dans leur nouvelle maison.

Je connais maintenant par cœur les *Mélis-Mélos* au complet. Quand je l'ai récité à Mlle Caughey, elle a applaudi et elle a dit que j'étais une championne en récitation. En repartant, elle m'a demandé si j'écrivais au sujet de mon voyage sur le *Titanic*. J'ai répondu que je ne savais pas par quel bout commencer. Elle m'a dit que je devais commencer par raconter des petites choses et elle m'a donné une question à laquelle je dois répondre.

6 juin

J'ai oublié d'expliquer l'histoire de Shakespeare et du bacon. J'aurais dû écrire Bacon, avec une majuscule. Mlle Caughey dit que certains pensent que Shakespeare n'a pas écrit lui-même ses pièces et que leur véritable auteur serait un certain M. Bacon. Comme si on pouvait s'appeler Côtelette-de-Porc ou Ragoût-de-Mouton!

Je réfléchis à la question de Mlle Caughey.

7 juin

Des lettres de Mill House sont arrivées aujourd'hui. Millie a bien réussi ses examens à l'école. Owen ne parle pas des siens. Ils vont aller passer les vacances d'été chez des cousins dans le Lake District. Je suis jalouse; pas d'Owen et de Millie, mais des cousins qui vont les avoir pour jouer avec eux. Mme Hawkins dit que la plate-bande de vivaces que j'ai aidé à nettoyer est splendide. (« Tu es une experte en désherbage, contrairement à deux fainéants que je ne nommerai pas. ») Grand-papa s'est pris le pied dans un terrier de lapin et il a une entorse. Grand-maman s'est rendue à Londres pour siéger à un comité.

8 *juin*

D'accord, voici la question de Mlle Caughey : « Quelles sont les différences entre ta cabine à bord du *Titanic* et ta chambre à la maison? »

Premièrement, à la maison tout est un mélange de très vieux (comme mon lit qui appartenait à grand-maman Mackenzie), d'un peu vieux (comme ma descente de lit que maman a crochetée quand elle était jeune) et de neuf (comme mes nouveaux vêtements). Sur le *Titanic*, tout était neuf. Le tapis était neuf, les lits étaient neufs, les murs étaient neufs, les draps étaient neufs, le lavabo était neuf. Ça sentait le neuf, la peinture et le vernis. C'était amusant de me dire que j'étais la première à dormir dans le lit, tout comme j'étais la première à manger dans la vaisselle de la salle à manger et la première à me promener sur le pont en laissant glisser ma main sur le bastingage. Je ne connais pas d'autre endroit où tout, absolument tout, serait neuf, sauf peut-être le monde au jour de la Création, mais à cette époque, Adam et Ève n'avaient ni lits ni lavabos pour apprécier la différence. Ni même de vêtements, avant qu'ils se fabriquent des pagnes avec des feuilles de figuier.

Deuxièmement, les murs de ma chambre sont couverts de papier peint tandis que les murs de ma cabine étaient d'un blanc lustré. Le papier peint est plus intéressant, surtout quand on est malade. J'ai fait de longs et de fabuleux voyages imaginaires en parcourant des yeux les motifs de lierre de mon papier peint.

Troisièmement, il y avait la table de toilette. Le lavabo était installé dans un cabinet de bois foncé et il se repliait contre le mur. Quand on voulait se laver, on l'abaissait, on appuyait sur un bouton, et l'eau coulait, venant de quelque part derrière le miroir. Quand on avait fini, l'eau du lavabo se vidait dans un réservoir qu'on ne voyait pas.

Bien sûr, l'hôtesse nous apportait un broc d'eau chaude quand nous en avions besoin, mais nous pouvions abaisser le lavabo chaque fois que nous en avions envie. J'aimais entendre le bruit de l'eau qui coulait quand je remplissais le lavabo et le bruit de succion qu'elle faisait en s'évacuant, mais Mlle Pugh a dit que je me lavais les mains beaucoup trop souvent.

Quatrièmement, le lit était fermé par un rideau. J'occupais la couchette du haut et je pouvais fermer le rideau. J'étais alors comme dans une petite chambre à moi toute seule, avec ma propre lampe de lecture électrique. Maman m'a dit que quand j'étais petite, j'adorais me cacher dans de petits espaces, comme sous mon lit, sous la table ou sous des buissons dans le jardin.

J'aimerais avoir tout le temps un lit avec un rideau. J'aime ça quand je peux tendre les bras et toucher les limites de la noirceur de la nuit. Je n'aime pas quand la noirceur est immense et que je n'en vois pas la fin.

9 *juin*

Hier soir, j'ai fait mon rêve de personnes qui fondent. C'est toujours la même chose, du moins pour la partie des gens qui fondent. Je suis entourée d'une foule de gens. Je tends la main vers le haut, je saisis celle de quelqu'un, et elle est froide. Puis je regarde les visages. Ils ont tous le regard fixe, puis ils se mettent à fondre, puis ils disparaissent. À l'écrit, ça n'a pas l'air bien effrayant, mais quand je suis dans mon rêve, je suis si terrifiée que je dois absolument en sortir et me réveiller.

Au milieu de la nuit, je me récite alors ces vers des *Mélis-Mélos* : « Ô très cher Timballo, que nous sommes ravis d'être dans un Tamis, dans un pot de faïence. » Je les répète encore et encore jusqu'à ce que je me rendorme.

Ce matin, en pensant au voyage à Londres avec grand-papa, en pensant à ce que j'allais écrire dans ce journal, je me suis rappelé quelque chose qui pourrait expliquer d'où vient mon rêve.

Pour nous rendre au quai de Southampton, nous devions prendre un train spécial à la gare de Waterloo à Londres, à 7 h 30 le matin. Grand-papa et moi sommes donc partis la veille. Grand-maman était obligée de rester à la maison à cause d'une réunion au sujet des pauvres. Elle a dit que grand-papa devrait m'emmener au British Museum, car ce serait très instructif.

Toutefois, quand nous sommes arrivés à Londres,

grand-papa m'a demandé si ça me dérangerait beaucoup de ne pas aller au British Museum et d'aller plutôt dans un autre musée : celui de Mme Tussaud. Il a dit qu'il avait toujours voulu le visiter, mais que grand-maman n'avait jamais voulu parce qu'elle le trouvait vulgaire. Je ne connaissais ni l'un ni l'autre, alors j'ai dit d'accord. Le musée de Mme Tussaud était un musée de cire, c'est-à-dire un bâtiment où sont exposées des statues de personnages célèbres, faites en cire. C'était vraiment étonnant! Sur chaque statue, tout avait l'air vrai : les couleurs, les vêtements, les cheveux. On aurait dit qu'elles allaient se mettre à marcher ou à parler. Nous avons vu la reine Elizabeth, Benjamin Franklin et Marie-Antoinette. Il y avait une salle appelée la Chambre des Horreurs, et grand-papa trouvait que je ne devais pas y entrer, mais j'y tenais. Il n'y avait que des scènes de meurtres avec des criminels. Ça faisait peur à condition de bien vouloir avoir peur, comme avec les histoires de fantômes. Certains adultes diraient que grand-papa n'aurait pas dû m'emmener dans la Chambre des Horreurs, mais dans mon rêve, il n'est pas question de guillotine ou de Jack l'Éventreur. Ce sont des visages au regard fixe.

10 juin

Mon lit est très difficile à bien faire depuis que maman a mis le couvre-lit d'été, car il n'a pas de rayures. Je dois me lever plus tôt afin d'avoir le temps de bien le faire.

Aujourd'hui, nous allons chez Larsen pour m'acheter

des chaussures neuves. Mes pieds sont déjà plus grands que ceux de maman. Je me demande quand ils vont arrêter de grandir. Y a-t-il un moment où on sait qu'on a fini de grandir pour la vie? Charles a un ami qui a grandi de cinq centimètres l'année de ses vingt ans! Il a fallu remplacer tous ses vêtements.

D'accord : Londres.

Quand grand-papa et moi sommes arrivés à la gare de Waterloo, il y avait tout un brouhaha de gens et de bagages. Nous avions fixé rendez-vous à Mlle Pugh devant les guichets, et elle était là à nous attendre.

11 juin

Hier, j'ai été obligée d'arrêter d'écrire à cause de cette Mlle Pugh. J'ai déchiré deux pages, mais cette fois-ci je vais l'écrire et je ne déchirerai pas la page.

Je n'aimais pas Mlle Pugh. Voilà la vérité.

Tout le monde disait que ça tombait donc bien que Mlle Pugh aille en Angleterre pour rendre visite à son vieux père, et qu'elle puisse m'accompagner. Personne ne semblait s'en faire que je la connaissais très peu. Je savais seulement qu'elle travaillait à la banque de papa. « Notre très chère Mlle Pugh », comme il l'appelait.

Elle était peut-être sa « très chère », mais moi, je ne l'aimais pas. Elle essayait de faire croire qu'elle était ma mère ou mon institutrice, alors que tout ce qu'elle était censée faire, c'était m'accompagner à l'aller et au retour d'Angleterre. Elle était maniérée et pointilleuse, et elle n'admettait jamais ses torts. Elle traitait Beryl, notre hôtesse sur le paquebot, comme si elle (Mlle Pugh) avait été Lady Astor ou une autre personne riche et célèbre et que Beryl avait été une servante. Mais Beryl en savait bien plus long qu'elle au sujet du paquebot et de bien d'autres choses, en plus d'être beaucoup plus GENTILLE. Mlle Pugh faisait un drôle de bruit avec ses dents, et elle sentait l'onguent mentholé pour petites vieilles.

Pendant tout le voyage, Mlle Pugh semblait s'être donné pour mission de me reprendre. Elle replaçait les rubans dans mes cheveux parce que mes nœuds n'étaient pas parfaits. Elle me reprenait sur les mots que j'employais. Quand j'ai dit que les dossiers ouvragés des fauteuils de la salle à manger étaient « baroques », elle m'a dit de cesser de parler pointu. Elle me reprenait sur mes manières à table. Je sais qu'on ne doit pas parler la bouche pleine, mais les adultes le font tout le temps. Quand on respecte cette règle et qu'on mastique, puis qu'on avale avant de parler, le sujet de conversation a changé, et on n'a jamais la moindre chance de dire un mot. Quand je lui posais des questions, elle me disait d'arrêter « d'argumenter ».

Le pire de tout, c'est qu'elle était mortellement ennuyeuse. Elle ne voulait jamais parler de choses intéressantes. Par exemple, est-ce que le gazon est vert la nuit, dans le noir? Ou est-il vert seulement quand il reçoit de la lumière, qui, elle, le rendrait vert? Est-ce que ça veut dire que le gazon n'est pas vert, en réalité? Grand-papa aurait adoré en discuter. Quand j'ai posé cette question à Mlle Pugh, elle s'est contentée de dire :

« C'est une bien grande question pour une petite fille ».

Qu'est-ce qu'on peut faire après ça, à part se taire, serrer les dents et ne pas argumenter?

Je n'aimais pas Mlle Pugh.

Mais je ne voulais pas qu'elle meure.

C'est ma faute.

Je suis la seule personne au monde à savoir ce qui s'est passé.

Je sais que je dois finir cette histoire parce que c'est comme bien faire mon lit ou repasser parfaitement les serviettes de table. Je ne peux pas ne pas la finir. Je sais que je pourrai toujours déchirer ces pages ou jeter tout le carnet afin que personne ne découvre la vérité.

Mais je n'ai plus le cœur d'écrire d'autres scènes de théâtre. Demain, je vais reprendre mon histoire du *Titanic*.

12 juin

Je suis dans le jardin. Asquith s'est caché dans la rhubarbe et il attend de pouvoir sauter sur Borden. Borden est un chien très patient.

La gare de Waterloo. J'avais pris la résolution d'être gentille et polie avec Mlle Pugh. J'avais bien retenu les conseils de Mme Bland et je m'étais promis de ne pas me fâcher. Tandis que grand-papa et moi nous dirigions vers les guichets, je me suis envolée vers les hauts plafonds de la gare, là où se perchent les pigeons, j'ai regardé en bas et j'ai dit : « Qui est donc cette fillette si bien élevée? » Mes bonnes intentions ont duré moins de dix minutes.

Elles ont duré le temps que grand-papa me dise au revoir et que je pleure un peu et qu'il fasse une blague idiote sur les toreros de Nouvelle-Écosse. Elles ont duré jusqu'à ce que grand-papa sorte de sa poche un sachet de bonbons « pour dans le train », et que Mlle Pugh, d'un air pincé en plissant le nez, dise que ce n'était « pas convenable à 7 h 30 le matin ».

Durant tout mon séjour à Lewisham, je n'ai jamais entendu quelqu'un dire « pas convenable ». J'ai entendu « ridicule », « vulgaire » et « scandaleux ». J'ai entendu « Quelle horreur! » et « Quelle platitude! » (généralement à propos du ménage). J'ai même entendu « Cré maudit! » (même si je n'étais pas censée l'entendre; j'étais sous la table, et ils m'avaient oubliée). Mais je n'ai jamais entendu « pas convenable ». « Pas convenable » est une expression utilisée par les gens un peu pincés.

Grand-papa est donc reparti, et j'étais triste, ce qui parfois peut être presque agréable, et d'humeur maussade, ce qui ne l'est jamais. Les pigeons ont regardé en bas et se sont dit entre eux : « Qui donc est cette fillette si têtue et désagréable? »

Une fois dans le train, ma mauvaise humeur s'est envolée. Mlle Pugh a lu son livre en plissant le nez, et j'ai mangé mes bonbons tout en regardant par la fenêtre et en mémorisant les noms des gares : Surbiton, Woking, Basingstoke, Winchester, Eastleigh. Sucre d'orge, bonbons à la menthe, caramels, jujubes, bonbons à la réglisse (beaucoup de cylindres avec une couche de rose).

Maman est venue me dire que tante Hazel est là, et

que je dois rentrer et me montrer polie.

12 juin (plus tard)

J'interromps mon histoire pour raconter une grande nouvelle : tante Hazel et oncle Leslie ont commandé une voiture automobile! Une Tudhope Torpedo.

D'accord, revenons à notre paquebot.

Quand Mlle Pugh et moi sommes arrivées à Southampton, nous nous sommes rendues directement au navire et nous avons grimpé la passerelle, qui ressemble au pont-levis d'un château fort. L'entrée de la deuxième classe était sur le pont C, à la poupe du navire. (C'est le mot qui désigne l'arrière du bateau.) Il y avait tant de monde à embarquer en même temps que la foule ressemblait à une rivière qui coule. J'ai remarqué des hommes qui transportaient des instruments de musique dans des étuis et j'ai entendu une femme dire que c'était l'orchestre du paquebot.

Dès que nous sommes montées à bord, Mlle Pugh s'est mise à faire des chichis. C'était toute la différence entre elle et moi. Je trouvais tout amusant, et elle trouvait tout désagréable. Les bagages, par exemple. Les stewards se pliaient en quatre pour acheminer les bagages dans les bonnes cabines. Il y en avait un monceau, et ils devaient retrouver les choses de chaque passager. Par la suite, quand j'ai mieux connu Beryl, elle m'a raconté que parfois les étiquettes des bagages tombaient et que ça devenait un véritable chaos. Les gens se promenaient, posaient des questions, se perdaient, bavardaient avec leurs amis, comme s'ils avaient été dans une rue très achalandée de Londres. Au milieu de tout ça, les stewards devaient transporter les bagages sans assommer personne ni échapper les malles sur les pieds des passagers. C'était comme observer un fermier et ses chiens rassembler son troupeau de vaches. Qui ne trouverait pas ça intéressant? La réponse est : Mlle Pugh. Elle faisait des chichis et s'inquiétait de nos bagages. Où étaient-ils? Quand les aurions-nous? Et s'ils avaient été perdus?

Elle ignorait totalement les choses vraiment importantes : « Faut-il passer par les escaliers couverts de tapis rouge ou par l'ascenseur électrique? », ou « As-tu vu la dame et le petit chien aux nez pointus, qui se ressemblent comme deux gouttes d'eau? »

Trouver notre cabine a été toute une affaire. Elle était sur le pont D. Mlle Pugh a pris les escaliers et moi, l'ascenseur. Mlle Pugh craignait que nous nous perdions. Moi, je n'espérais que ça. Les numéros des cabines ne suivaient aucun ordre logique. Tout le monde posait des questions aux stewards. « J'ai trouvé la D-70, mais où est la D-71? » Un vrai labyrinthe! Certains adultes se fâchaient, mais tous les enfants que j'ai croisés adoraient ce désordre.

Quand nous avons trouvé notre cabine, nos bagages n'y étaient pas encore, ce qui a mis Mlle Pugh dans tous ses états. Quelques minutes plus tard, un steward prénommé Jack a tout apporté. Puis une hôtesse est arrivée pour nous aider à nous installer. Elle était jeune et très jolie. Elle nous a dit qu'elle s'appelait Beryl Cope, mais qu'on pouvait l'appeler Beryl. À ce moment-là, je ne savais pas qu'elle allait devenir si importante pour moi.

La cabine était comme une maison de poupée, toute propre et en ordre. Mlle Pugh a dit que nous devions défaire nos bagages et nous installer, mais j'entendais tout un tapage à l'extérieur de notre cabine et je me mourais d'envie d'aller voir.

Alors que Mlle Pugh faisait encore des histoires avec un rien, Beryl a dit que ça irait beaucoup mieux si je n'étais pas dans leurs jambes. Sur le coup, j'étais fâchée. En effet, je croyais que Beryl était une de ces personnes qui pensent que les enfants sont une nuisance et qu'ils sont toujours « dans leurs jambes », comme s'ils étaient des chiens ou des chats. Je sentais la vapeur prête à me sortir par les oreilles, mais Beryl a dit que la meilleure façon de me retrouver sur le paquebot était d'en faire le tour et d'explorer tous les coins et que, de toute façon, je ne pouvais pas me perdre. Mlle Pugh avait la tête plongée dans une malle à ce moment-là, et Beryl m'a fait un clin d'œil. Mlle Pugh a donc dit : « Allez, hop vas-y ». À partir de là, j'ai su que Beryl était une amie.

« Va voir la première classe, m'a-t-elle dit. C'est ta seule chance. »

À bord d'un paquebot, tout fonctionne par classes : première, deuxième et troisième. Chaque classe a sa salle à dîner, son salon et ses cabines. Normalement, tout le monde reste dans sa classe, mais le premier matin, les gens allaient ici et là et un peu partout, l'air occupé. Personne ne me prêtait attention. Rien de tel qu'une foule de gens affairés pour passer inaperçue!

En jetant un coup d'œil dans les élégantes cabines de première classe, j'ai compris pourquoi on faisait toute une histoire avec le *Titanic*. C'était l'endroit le plus chic qu'on puisse imaginer, comme le somptueux palais que se commande Aladin ou le palais d'ivoire dans la Bible. Qui penserait à mettre de grands palmiers en pots à l'intérieur ou à faire courir du lierre sur les murs? Qui penserait à peindre une pièce en rose et vert pastel? (J'aimerais que ma chambre soit rose et vert pastel, mais je ne pense pas que maman accepterait.)

En me laissant porter par la foule, je me suis retrouvée devant le grand escalier. La photo de cet escalier se trouve dans tous les magazines illustrés, mais on n'y voit pas à quel point tout était étincelant. La lumière venait d'un grand dôme de verre qui faisait briller les boiseries bien astiquées, les dorures sur les rampes et l'ange qui portait un flambeau. Les photos ne rendent pas les odeurs non plus : des parfums d'encaustique et de fleurs.

À côté de l'escalier se trouvait l'ascenseur, alors je l'ai pris pour descendre au pont E. Là aussi, c'était chic, avec des lambris et des portes coulissantes. Le garçon d'ascenseur était beau, mais timide. Il ressemblait à un écolier. Par la suite, j'ai su qu'il s'appelait Fred. Sur le pont E, j'ai trouvé des escaliers pour monter et descendre. C'était la pagaille là aussi, et personne ne me prêtait attention. Je ne cherchais rien en particulier, alors tout ce que je trouvais était une belle découverte.

Ce devait être comme ça que les grands explorateurs se sentaient. Bien sûr, ils cherchaient des choses précises, comme Christophe Colomb et la route des Indes. (Était-ce bien les Indes? Je m'embrouille peut-être.) Ou comme le capitaine Scott qui cherchait le Pôle Sud. Tout ce qu'ils trouvaient était nouveau, alors c'étaient des découvertes. Je crois qu'il ne reste plus grand-chose à découvrir, maintenant qu'Amundsen a trouvé le Pôle Sud.

J'ai jeté un coup d'œil à la piscine. Elle n'était pas encore remplie d'eau. Ça doit faire bizarre de nager à bord d'un bateau en pleine mer. Évidemment, la piscine était réservée aux passagers de la première classe, je n'ai donc pas eu l'occasion de l'essayer.

Mais j'ai failli pouvoir me servir du gymnase! Il était situé sur le pont supérieur et, quand j'ai glissé la tête par la porte entrebâillée, les agrès étaient tous utilisés. L'instructeur, habillé tout en blanc et l'air très en forme, passait de l'un à l'autre. Il y avait un rameur d'exercice, deux bicyclettes stationnaires et, le plus amusant, un chameau et un cheval électriques. Ils ne ressemblaient ni à un chameau ni à un cheval, mais plutôt à des machines compliquées munies d'une selle, et qui secouaient leurs cavaliers et les faisaient rire. Deux photographes sont entrés, et l'instructeur a demandé qui voulait se faire prendre en photo.

Tout le monde a ri, et je me suis dit : « Pourquoi pas moi? » Mais, à l'instant même où j'avais réussi à rassembler tout mon courage, un monsieur et une dame sur les bicyclettes se sont portés volontaires. Après le départ des photographes, l'instructeur a dit que les photos seraient probablement publiées dans un magazine illustré de Londres.

J'aurais vraiment voulu me porter volontaire! Imagine, grand-papa ouvrir son magazine et me voir sur le chameau électrique!

J'ai la main fatiguée à force d'écrire. Tant de mots, et le paquebot n'a pas encore pris la mer! Un seul matin sur le *Titanic*, et on dirait toute une semaine passée ailleurs.

13 juin

J'aimerais avoir une machine à écrire. Il y en a une à la banque de papa. Une fois qu'on a l'habitude, on peut écrire des mots à toute vitesse et en plus, ils sont très bien écrits.

Après ma photo ratée, la foule s'est déplacée vers les ponts extérieurs. Les visiteurs sont retournés à terre, et l'heure du départ est enfin arrivée. Tout le monde riait et parlait avec de parfaits inconnus, comme on le fait quand on va à la foire ou qu'on part en vacances. Il y avait un homme près de moi, du style à vouloir tout expliquer à tout le monde. Peut-être un instituteur, un pasteur, ou simplement un homme à la langue bien pendue. En tout cas, il donnait des leçons à qui voulait l'entendre.

Les remorqueurs, enveloppés d'un nuage de fumée noire, semblaient minuscules à côté du gigantesque paquebot.

M. Langue-Pendue a donné le nom de chaque remorqueur : l'Hercule, le Neptune, l'Ajax et d'autres noms de grands héros que plus personne ne donne à son

fils, de nos jours. Il y en avait un qui s'appelait l'Albert :
je me demande ce que faisait ce prénom au milieu de
tous les autres.

L'air sentait le charbon qui brûle. Le sifflet à vapeur a
retenti trois fois, et tout le monde a applaudi. Les gens
lançaient des fleurs du haut des ponts, et les gens à terre
agitaient des écharpes et des mouchoirs.

M. Langue-Pendue continuait de nous débiter ses
connaissances :

« Les amarres sont larguées. C'est le grand départ! »

« Ils vont nous remorquer jusqu'à l'endroit où le
paquebot pourra tourner sa proue vers le large. »

« Entendez-vous ce tapage? Ça veut dire que le navire
démarre lentement. »

« Avez-vous senti les vibrations? Ce sont les hélices
qui se mettent à tourner. »

Nous avons commencé à avancer. Au début, on le
sentait à peine, puis ça s'est mis à bouger, et de plus en
plus vite. M. Langue-Pendue s'est exclamé : « Regardez!
Regardez le *New York*! Il y a quelque chose qui cloche! »

Il ne parlait pas de la ville. Il parlait d'un autre gros
navire dont l'arrière dérivait dans notre direction. Il y a
eu une secousse, et le *Titanic* s'est arrêté, puis s'est mis à
reculer. Nous sommes passés à deux doigts de l'arrière (je
veux dire la poupe) de l'autre bateau. Il a fallu s'arrêter
un moment, et M. Langue-Pendue a repris ses
explications, mais j'en avais assez des leçons et je voulais
continuer à explorer.

Je suis sortie dans le jardin parce que maman dit qu'il fait trop beau pour rester enfermée dans la maison. Borden est allé se cacher, et Asquith fait semblant de chasser des oiseaux. Revenons au *Titanic*.

Je n'ai entendu personne d'autre parler du *New York*, qui avait failli entrer en collision avec nous. C'est seulement plus tard, après le naufrage, que les gens on commencé à dire que cet incident était un mauvais présage.

Les gens parlent de mauvais présages quand ils veulent se donner de l'importance, prétendant qu'ils savaient qu'une chose se produirait. Grand-papa dit que les prédictions des diseuses de bonne aventure, c'est de la foutaise : si le futur est le futur, c'est parce qu'il n'existe pas encore.

Irène voit toujours des présages partout. Une fois, dans la cour de l'école, une crotte d'oiseau est tombée sur elle. Puis elle a dit qu'elle avait eu un pressentiment que cela allait arriver en se réveillant ce matin-là. Je lui ai demandé si elle avait parlé de son pressentiment à l'oiseau afin qu'il puisse viser sa tête. Elle a levé le nez et n'a rien répondu. Bien sûr, je n'attendais pas vraiment de réponse, car ma question était purement rhétorique. Maman dit que je ne dois pas poser des questions rhétoriques parce qu'elles me font paraître effrontée et impertinente. Moi, j'aime bien les questions rhétoriques.

Notre premier repas à bord était le dîner. À l'aller vers l'Angleterre, je n'ai pas pris un seul repas dans la salle à manger, alors je ne savais pas qu'on mangeait toujours à la même table avec les mêmes personnes. Elles devenaient donc notre famille pour la durée de la traversée.

Les six personnes de notre tablée étaient : une Anglaise qui s'en allait en Oregon pour épouser le propriétaire d'une ferme qui produisait des fruits; un pasteur et sa femme, et une famille écossaise qui déménageait à Seattle pour y ouvrir un hôtel. La jeune Écossaise de quinze ans et sa mère avaient des vêtements très chics. J'ai d'abord cru qu'elle pourrait être mon amie, mais elles me regardaient de haut. Elles se sont d'ailleurs empressées de nous faire comprendre que d'habitude, elles voyageaient en première classe. Elles ont dit que la deuxième classe du *Titanic* ressemblait à la première classe des autres paquebots sur un ton qui laissait entendre qu'elles nous faisaient une faveur en s'asseyant à table avec nous.

Au début, j'avais peur du pasteur parce qu'il avait d'énormes sourcils qui lui sortaient du front, comme ceux d'un blaireau. (Un blaireau? Les blaireaux ont-ils des sourcils? En tout cas, ils étaient poivre et sel, comme les poils d'un blaireau.) Puis il s'est mis à raconter l'histoire d'un homme qui avait écrasé le poulet de quelqu'un et, tout en parlant, il tripotait sa serviette de table. À la fin de son histoire, il a retourné sa serviette, l'a tirée d'un coup sec et elle a pris la forme d'un poulet prêt à mettre au four. Tout le monde a ri sauf sa femme qui a dit gentiment, d'un air de reproche : « Oh, Cyril! ». Et Mlle Pugh, bien sûr, semblait offusquée. Le lendemain, il m'a appris comment faire.

Le truc du poulet m'a aussi permis de remarquer une fillette assise à la table voisine de la nôtre. Elle avait regardé faire le pasteur et elle avait éclaté de rire. Sa mère lui avait dit « chut!». J'ai su tout de suite que je l'aimais bien. Sa mère la faisait probablement taire souvent. Je devais tenter de faire connaissance avec elle.

Mlle Pugh ne voulait parler que des passagers célèbres de la première classe et – Dieu merci! – la mère et la fille écossaises s'intéressaient aussi à ce sujet ennuyeux. Elles pouvaient discuter pendant des heures des Astor, des Guggenheim, de Lady Unetelle et de la comtesse de Machin-Chose. Quand elles se sont lancées dans une longue discussion à propos d'une passagère de première classe qui voyageait avec quatorze malles, les sourcils du pasteur ont commencé à s'agiter.

Après le dîner, Mlle Pugh voulait faire la sieste, alors Beryl a dit qu'elle me montrerait la promenade et la bibliothèque sur le pont C. Mais elle a dû partir parce qu'on l'avait sonnée. Beryl devait s'occuper des passagers qui l'appelaient avec leur sonnette. En montant les escaliers, elle m'a appris quelques termes de marine, comme la poupe et la proue (je les connaissais déjà), bâbord et tribord, pour dire gauche et droite, et les noms des vents : nordet et noroît, suet et suroît. Elle disait que si je voulais être un vrai matelot, je devais employer les bons mots. Après ça, chaque fois que j'entendais Mlle Pugh parler de la gauche et de la droite du bateau, je me sentais un peu supérieure.

En arrivant dans la bibliothèque, j'étais contente d'y retrouver la fillette qui avait ri si fort au dîner. Nous nous sommes aussitôt mises à bavarder. J'ai appris qu'elle s'appelait Marjorie et qu'elle avait onze ans. Elle voyageait avec ses parents, et ils allaient rejoindre son grand-papa en Californie.

Elle a aussitôt dit que nous devions trouver le moyen de nous faufiler dans un endroit interdit.

Je ne voulais pas m'attirer d'ennuis, mais quelque chose me disait qu'on ne s'oppose pas aux idées de Marjorie. « Comme la première classe? » ai-je demandé. Mlle Pugh avait fait toute une histoire parce que nous n'étions pas autorisées à aller dans la première classe. Elle aurait tant voulu y jeter un coup d'œil!

Mais Marjorie a dit que la première classe, ce n'était qu'une affaire de chapeaux, de porcelaine et d'escaliers, et que ce serait bien mieux d'essayer de se glisser dans la salle des machines ou dans le chenil. Apparemment, elle savait qu'il y avait un chenil pour les gros chiens sur un des ponts extérieurs. Je lui ai demandé si elle avait vu la dame qui ressemblait tant à son chien. Elle a dit que oui, et elle a ri de son rire sonore. Les gens qui lisaient en silence ou qui écrivaient des cartes postales nous ont regardées, l'air réprobateur. J'ai tout de suite su que Marjorie serait le genre d'amie à m'attirer des ennuis, mais que je n'y perdrais pas au change.

Au coucher du soleil, nous sommes arrivés à Cherbourg, en France, pour laisser monter d'autres passagers à bord. Ils se sont rendus jusqu'au paquebot avec tous leurs bagages, dans de petits bateaux. Marjorie et moi avons alors inventé un jeu : nous choisissions un groupe de passagers et nous leur faisions de grands signes, comme si nous les connaissions. C'était très drôle de les voir nous regarder d'un air à la fois amical et confus.

Malgré tout ce qui s'est passé durant cette première journée à bord, j'ai pensé au mal de mer. Je m'attendais à ressentir cette horrible sensation qui commence derrière le nez et finit par se répandre dans toutes les parties du corps, y compris le bout des orteils. Mais elle n'est pas venue. Mlle Pugh avait dit à Beryl que j'étais sujette au mal de mer. Beryl avait répondu que je devais passer le plus de temps possible dehors sur le pont et regarder la ligne d'horizon, mais qu'on prévoyait du temps calme pour la traversée et que, de toute façon, j'avais l'air d'avoir le pied marin.

Je n'ai pas réussi à dormir pendant notre première nuit à bord. Trop d'histoires me tournaient dans la tête, des histoires de Mill House et d'autres de chez nous. Mais surtout, c'était à cause de la délicieuse sensation de me trouver entre les deux. Je ne voulais pas dormir, car je ne voulais rien manquer. Je ne voulais pas dormir et manquer le plaisir d'être dans mon lit-caverne secret.

J'entendais Mlle Pugh ronfler et renifler, mais au moins, je ne pouvais pas voir ses dents.

À l'aller vers l'Angleterre, j'avais détesté voir les fausses dents de Mlle Pugh. Elle les mettait dans un verre d'eau, sur la table de toilette. J'essayais de ne pas les regarder, mais je n'arrivais pas à m'en empêcher, comme on n'arrive pas à s'empêcher de gratter un bobo sur son genou. Même quand la lumière était éteinte, je les sentais là qui flottaient dans l'eau, l'air de me sourire. À bord du *Titanic*, je faisais bien attention de ne pas sortir la tête de derrière mon rideau tant que je n'avais pas entendu Mlle Pugh se lever et s'affairer, m'assurant ainsi que ses dents étaient bien en place dans sa bouche.

14 juin

Maman est entrée dans ma chambre ce matin tandis que j'écrivais ce journal. Elle m'a demandé comment ça allait. Je lui ai répondu : « Bien ». Puis elle m'a dit que j'avais une jolie calligraphie.

Il se passait quelque chose. Maman n'est pas du genre à féliciter les enfants pour leur écriture ou quoi que ce soit. Elle avait l'air bizarre et, si elle n'avait pas été une adulte, j'aurais dit qu'elle avait l'air gêné. Elle s'est assise au bord de mon lit.

Puis elle a dit : « Nous avons relu ta carte postale des centaines de fois pendant que nous attendions de tes nouvelles ».

J'avais complètement oublié cette carte postale. Le premier soir à bord, j'avais écrit deux cartes postales, une pour maman et papa, et l'autre pour grand-maman et grand-papa, parce que Mlle Pugh m'avait dit qu'on viendrait lever le courrier le lendemain matin, en Irlande, et que ce serait notre dernière chance d'en envoyer.

Puis maman m'a raconté ce qu'ils avaient ressenti pendant qu'ils attendaient des nouvelles du *Titanic*. Ils avaient appris la nouvelle le lundi matin à leur réveil. « Nous ne savions plus quoi penser », a-t-elle dit. Dans la première édition du journal, on disait que le *Titanic* était en danger. Dans la deuxième, on disait que tout le monde était sain et sauf. Alors, papa et maman s'étaient rendus aux bureaux du White Star pour en apprendre plus, et on leur a dit que les survivants seraient conduits à Halifax. À midi, on disait que le *Titanic* allait être remorqué. Puis maman a dit : « Pendant tout ce temps, nous n'avions qu'une question en tête : Dorothy est-elle saine et sauve? » La journée passait, et les nouvelles étaient de pire en pire. Finalement, tard lundi soir, la rumeur que le *Titanic* avait coulé courait. Puis la rumeur a été confirmée.

« Nous n'avons pas dormi de la nuit, a dit maman. Les voisins sont venus nous voir. Nous leur avons offert du thé, mais nous n'en avons pas bu. Le temps s'était arrêté. Puis, après le souper, Asquith est sorti et n'est pas revenu. Je m'étais mis en tête que, si nous retrouvions Asquith, alors nous étions sûrs de te retrouver toi aussi. J'ai donc envoyé ton père le chercher dans les rues du voisinage, avec un morceau de poisson au bout d'une ficelle.

J'étais surprise. Maman se plaint toujours qu'Asquith met des poils partout et des égratignures sur les meubles, et qu'il veut toujours rentrer quand il est dehors et sortir quand il est dans la maison.

Alors, j'ai dit : « Mais, tu n'aimes même pas Asquith ».

Maman a ri. Elle m'a fait signe de venir m'asseoir à côté d'elle sur le lit. « C'était de la superstition. J'étais si inquiète pour toi que j'avais besoin de m'inquiéter pour quelqu'un de plus petit, de la taille d'un chat. Ton père n'a pas réussi à retrouver Asquith. Le chat a passé la nuit dehors. »

Puis elle m'a dit que, le mardi matin, ils ont enfin su que j'étais saine et sauve à bord du Carpathia qui se dirigeait vers New York.

« Dès que nous avons eu cette nouvelle, Asquith est revenu. »

J'ai demandé à maman pourquoi elle ne m'avait pas raconté cette histoire plus tôt. Elle a répondu qu'elle ne voulait pas me rappeler des choses que je préférerais oublier.

Puis elle s'est souvenue qu'elle était une mère. Elle m'a fait remarqué mes doigts tachés d'encre et demandé de faire attention de ne pas tacher mes draps et – Mon Dieu! – avais-je vu l'heure?

C'était donc comme en Angleterre. On imprimait des histoires fausses dans les journaux. Ceux qui écrivaient ces fausses nouvelles avaient-ils des ennuis, ensuite?

Plus tard

Revenons au paquebot.

Une des choses les plus agréables de la traversée, c'était que Mlle Pugh me laissait me promener toute seule. Le matin du deuxième jour, elle a trouvé une missionnaire des Indes avec qui bavarder, et elles passaient presque toute la journée ensemble.

On pouvait facilement se perdre dans tous ces corridors et ces ponts, mais j'ai un très bon sens de l'orientation et je n'étais pas inquiète parce que vraiment comment pouvait-on se perdre sur un bateau? Ce matin-là, j'ai trouvé un coin clôturé sur le pont C, où deux bambins jouaient avec une toupie et des blocs. C'étaient des garçons, tout mignons, avec de belles boucles brunes et lustrées. Même le plus grand n'arrivait pas à faire fonctionner la toupie, alors je me suis assise avec eux. Leur père était tout près et les surveillait, sauf qu'il ne jouait pas avec eux. Le plus grand était très gentil avec le plus petit.

En général, les enfants m'aiment bien. Je suis toujours heureuse de m'occuper des petits. Mais ces garçons n'avaient pas l'air de vouloir me parler quand je leur ai posé des questions. Puis leur père leur a dit quelque chose, et j'ai compris que c'était du français. J'étais tout excitée. L'occasion rêvée de pratiquer mon français! Et, par chance, je connaissais justement les questions qu'on pose aux petits enfants, comme : « Comment t'appelles-tu? » et « Quel âge as-tu? » J'ai même pensé à les tutoyer, puisque c'étaient des enfants. Ils ont commencé par rire et se cacher les yeux avec leurs mains. J'ai donc décidé de leur chanter la seule chanson que je connaissais en français : À *la claire fontaine*. Je l'ai chantée tout doucement, comme pour moi seule, et très vite, ils se sont pelotonnés contre moi.

À partir de là, nous sommes devenus de grands amis. J'ai appris qu'ils s'appelaient Momon et Lolo, et qu'ils avaient un et trois ans. Nos conversations consistaient principalement en ceci : je pointais, par exemple, ma main en disant « main », et Lolo me faisait oui de la tête. Nous avons ainsi passé en revue toutes les parties du corps. Puis je me suis mise à tout mélanger : je pointais mon nez et je disais « pied? » Lolo me hurlait : « Non! » Et je disais « Oui! » et il disait « Non! ». Il riait si fort qu'il en avait le hoquet. Une des choses les plus agréables quand on est avec des tout-petits, c'est qu'ils vous trouvent toujours drôle.

Leur père souriait discrètement, mais il ne m'a pas adressé la parole.

Plus tard ce matin-là, je suis retournée au même endroit avec Marjorie. Elle ne l'avait pas encore découvert. À cette heure-là, il y avait plusieurs jeunes enfants et, quand je me suis mise à parler avec Momon et Lolo (si on peut appeler ça parler quand on pointe son nez en disant « genou »), une petite Française est venue nous rejoindre. Elle s'appelait Simone et elle avait un gros ruban dans ses cheveux. Elle m'a trouvée drôle, elle aussi. Sa mère et sa petite sœur étaient là. Encore une fois, le père des garçons n'a parlé à personne. Peut-être parce qu'il était le seul père? Je crois que Marjorie a été impressionnée par mes connaissances en français!

Mais elle n'aimait pas beaucoup les tout-petits, alors nous sommes parties explorer.

15 juin

Ce deuxième jour de la traversée, Marjorie et moi avons décidé de sauter le dîner et d'aller plutôt voir les nouveaux passagers embarquer de Queenstown, en Irlande.

Beaucoup de monde, beaucoup de bagages et

beaucoup de confusion!

M. Langue-Pendue était là. Il nous a dit que des Irlandaises étaient montées à bord et qu'elles tenaient un marché à la poupe du paquebot. Nous sommes donc allées voir. Il y avait du linge fin, des dentelles et toutes sortes de jolies choses. Plusieurs riches passagers de première classe étaient très occupés à faire des achats. J'imagine que ces Irlandaises, assises dans le petit bateau qui les ramenait sur le quai, étaient satisfaites de leurs ventes.

Quand nous avons quitté l'Irlande, un homme jouait de la cornemuse à la poupe du navire. Les cornemuses font de beaux airs tristes, comme les touches noires du piano.

Puis nous sommes parties à la recherche du chenil. Nous l'avons finalement trouvé derrière la quatrième cheminée. Nous avons passé l'après-midi à faire connaissance avec les chiens. (Et aussi avec quelques poules qu'un passager avait comme animaux de compagnie, mais elles n'étaient pas aussi amusantes que les chiens.) Un gentil steward prénommé Joe nous a laissé l'aider à les promener (les chiens, pas les poules!), puis il nous a apporté des sandwichs parce que nous avions faim. Voilà ce qui arrive quand on saute le dîner! Et nous avons appris que Joe connaissait bien Beryl, car ils avaient travaillé plusieurs fois sur les mêmes navires.

Il n'y a rien de plus agréable qu'un pique-nique dans un chenil.

16 *juin*

Le vendredi, je me sentais comme si j'avais toujours vécu sur un paquebot. Marjorie et moi en avions exploré tous les coins, même certains interdits d'accès. Nous avions compris le système de numérotation des cabines. Joe nous avait laissés jeter un coup d'œil dans les cuisines. Nous connaissions tous les chemins pour nous rendre d'un endroit à l'autre. Nous savions que le joueur de clairon du paquebot s'appelait M. Fletcher, et qu'une des passagères faisait apporter par l'hôtesse, dans sa cabine, des repas spéciaux pour son chien pékinois!

M. Langue-Pendue apparaissait à tout moment et nous apprenait toujours quelques autres faits au sujet du *Titanic*.

« Savez-vous combien de caisses de sardines ont été stockées à bord? Vingt-cinq exactement. Et le nombre de cigares? Combien, d'après vous? Huit mille! Imaginez! »

Marjorie comprenait très bien le plaisir d'inventer des histoires au sujet des inconnus. Par exemple, nous avions un couple à l'œil : une très jolie et jeune Française et son mari plus âgé. Elle passait beaucoup de temps à la bibliothèque, à faire des jeux de patience. Il s'approchait souvent d'elle, par-derrière, et lui chuchotait des choses à l'oreille. Ils se mettaient à glousser et parfois, il l'embrassait sur la nuque. Marjorie a dit : « Et s'ils n'étaient pas mariés et qu'ils vivaient dans le péché? » Je ne savais pas ce que signifiait « vivre dans le péché », mais je ne l'ai pas laissé voir. Ça semblait tordu, mais intéressant, un peu comme d'Artagnan.

Je suis sûre que Mlle Pugh n'aurait pas trouvé convenable que Marjorie et moi discutions d'un sujet pareil, peu importe ce qu'est le sujet.

C'est aussi ce jour-là que, pour la première fois, nous avons aperçu le capitaine Smith. Beryl nous avait dit que, tous les jours, il faisait une tournée d'inspection, et que nous aurions des chances de le voir dans la bibliothèque de seconde classe après 10 h 30. Alors, nous avons attendu dans la bibliothèque, en jouant au tic-tac-toe sur le papier à en-tête du *Titanic*, en nous efforçant de ne pas nous faire remarquer. Comme prévu, il est arrivé. Il était avec d'autres hommes en uniforme et il était splendide, avec ses boutons et ses galons dorés, ses gants blancs, ses médailles, et sa moustache et sa barbe blanches très bien soignées. On aurait dit un évêque, ou même un roi. Je dirais plutôt un roi : le roi du paquebot. En fait, il ressemblait un peu au roi George, sur les timbres. En tout cas, ils avaient la même barbe.

Nous avons suivi le capitaine à l'extérieur, sur le pont couvert. Nous essayions de faire comme si, tout à fait par hasard, nous allions dans cette direction. Les petits étaient là, comme d'habitude. Il a tapoté la tête de la plus grande des deux petites Françaises. Je le comprends, car elle avait des cheveux extraordinairement épais. Moi aussi j'avais eu envie de les tapoter. Puis il a dit quelque chose aux autres messieurs importants, et ils ont tous ri. Je suppose que, quand on est vraiment quelqu'un d'important, tout le monde rit quand on fait une petite blague. J'aimerais ça moi aussi. Quand je fais une blague au souper, à la maison, personne ne me prête attention. Pas comme chez grand-papa et grand-maman, où tous les adultes écoutaient quand je parlais.

Plus tard, j'ai dit à Beryl que j'aimerais épouser un capitaine au long cours, car le capitaine Smith avait l'air si bien habillé et si important. Elle a ri et elle a répondu que c'était un bon plan, car les capitaines au long cours avaient beaucoup d'argent et, comme ils étaient presque tout le temps en mer, ils n'étaient pas très dérangeants. Mlle Pugh, qui a entendu notre conversation, ne semblait pas approuver.

Il n'y avait pas moyen d'échapper à M. Langue-Pendue. Il a parlé à des gens, dans la bibliothèque, au sujet de la vitesse de croisière du *Titanic*. Il a dit qu'une rumeur courait : le capitaine allait essayer d'aller très vite et de battre le record de vitesse de la traversée de l'Atlantique et que, dimanche, on allait chauffer les chaudières à pleine capacité pour pousser une pointe de vitesse. Mais M. Langue-Pendue tenait à remettre les pendules à l'heure : le *Titanic* était beaucoup plus lent que le *Lusitania* et le *Mauretania*, et il n'y avait aucun espoir de le voir battre un record de vitesse.

17 juin

Qu'est-ce qui était le mieux à bord du *Titanic*? La fine cuisine? Le chic des cabines? Se faire servir? Croiser des gens célèbres?

Non. Le plus formidable sur le *Titanic*, c'était Marjorie. Elle est tout de suite devenue mon amie. On aurait dit que nous nous connaissions depuis des semaines ou même des mois, alors que nous étions amies depuis quatre jours seulement. Je m'amusais beaucoup avec elle. Elle avait des idées formidables et comprenait tout au sujet de Mlle Pugh.

Mlle Pugh n'approuvait pas que je la fréquente. Elle la trouvait effrontée et pas convenable pour moi. « Elle vous regarde avec un air de défi, cette fille, et sa famille alors… » Je savais que Mlle Pugh voulait que je demande : « Quoi, sa famille? » Alors, je ne lui posais pas la question parce que je ne voulais pas lui donner cette satisfaction. Elle regardait les parents de Marjorie de haut. C'est le genre de comportement inadmissible que les adultes se permettent.

Je me suis très mal comportée, je dois l'avouer. J'ai fait exprès d'embêter Mlle Pugh. Dans la salle à manger, je faisais des grimaces à Marjorie pour nous faire rire. Je soupirais bruyamment quand Mlle Pugh me reprenait. Si elle me parlait, je regardais sa bouche plutôt que ses yeux. Le soir, je tambourinais avec mes doigts sur le rebord de mon lit, d'abord doucement, puis de plus en plus fort, jusqu'à ce qu'elle se fâche. J'en avais cure autant que d'un radis.

À bord de ce paquebot, entre deux mondes, j'avais l'impression que tout était permis, même désobéir, et j'adorais ça.

Peut-être que je devrai déchirer cette page, plus tard.

18 *juin*

Le dimanche, Marjorie et moi avons revu le capitaine Smith, car il disait la messe du matin dans la salle à manger de première classe.

Marjorie l'avait appris et elle a demandé si elle pouvait nous accompagner, Mlle Pugh et moi. Je lui ai demandé pourquoi elle n'y allait pas avec ses parents, et elle a répondu que c'était un grand secret, qu'elle m'expliquerait une autre fois. « Tu n'as qu'à dire à Mlle Pugh que mes parents ne peuvent pas y assister. » C'est donc ce que j'ai dit à Mlle Pugh. Elle ne m'a pas prêté attention, car son amie et elle discutaient des gens célèbres qu'elles verraient peut-être.

J'étais surprise qu'un capitaine de navire puisse dire la messe. Je ne savais pas qu'un capitaine est comme un pasteur. Il y avait beaucoup de monde. Peut-être qu'ils allaient toujours à la messe le dimanche, quand ils étaient chez eux, ou peut-être que tous les passagers de seconde classe voulaient voir la salle à manger de première classe. M. Langue-Pendue était là, assis près de nous. « La plus grande salle à manger de toute l'histoire de la marine », a-t-il déclaré.

La pièce était assurément plus grande que notre église, et beaucoup plus confortable, avec de gros fauteuils pour tout le monde, et de grandes fenêtres avec vue sur la mer.

J'étais distraite à cause de la vue et aussi des chapeaux, qui étaient bien plus beaux que ceux de notre église St. Mark, à Halifax. Celui devant moi était gros comme une immense soupière. Il était bordé d'un large ruban de velours vert, avec des fleurs et des feuilles de soie cousues dessus. J'ai passé un bon moment à l'examiner pour m'en souvenir. Je me suis demandé si j'aimerais devenir chapelière. Jouer avec tout ce velours et cette soie doit être amusant, mais je ne couds pas très bien.

Après la messe, Marjorie et moi nous sommes arrangées pour rester dans la salle à manger et regarder les gens partir. Puis nous devions retourner dans la salle à manger de deuxième classe, pour le dîner. Nous avons joué à « Qui a la plus belle barbe? », et nous étions toutes les deux d'accord pour dire que c'était le capitaine Smith. Puis Marjorie m'a confié son secret, à voix basse. (Marjorie aimait bien parler à voix basse.) Le secret, c'était qu'elle était catholique et qu'elle avait assisté à la messe avec ses parents plus tôt le matin. Elle voulait tout de même venir avec moi pour voir le reste des gens riches. J'ai été un peu choquée. Je ne connais aucun catholique à Halifax et je me demandais si une catholique avait le droit d'assister à un office protestant. Mais c'était la même Marjorie qu'avant, et elle voulait qu'on aille voir si des chiens faisaient leur promenade, alors nous y sommes allées.

Plus tard, j'ai compris que c'était la raison pour laquelle Mlle Pugh n'aimait pas Marjorie et sa famille : ils étaient catholiques.

21 juin

Je n'ai pas écrit depuis quelques jours parce que je ne voulais pas faire ce que je vais faire. Mais maintenant, je me lance.

Voici ce que je n'ai pas raconté au journaliste. Je ne lui ai pas parlé de la purée de navet. Je n'en ai parlé à personne. La purée de navet est la goutte d'eau qui a fait déborder le vase.

Le souper du dernier soir était magnifique : de la dinde avec de la compote de canneberges, servie avec des petits pois et de la purée de navet. J'aime les pois. En fait, j'aime presque tout ce qui se mange. Mais je n'aime pas le navet. Le navet sent les toilettes. C'est une de ces vérités dont personne ne parle. Je n'ai pas dit cela à Mlle Pugh. J'ai dit, avec toute la politesse d'une jeune fille bien élevée, que je ne raffolais pas des navets. Elle a répondu que le navet était très bon pour ma santé et que, si je n'en mangeais pas, je serais privée de dessert. Elle me traitait comme une enfant de cinq ans! Personne ne m'avait jamais obligée à manger du navet. Maman dit que la table à manger ne doit pas se transformer en un champ de bataille et que chacun a le droit de dire « non merci » quand il le veut. (Sauf pour l'huile de foie de morue, mais je n'ai pas dit mon dernier mot à ce sujet.) Pour le dessert, il y avait des bouchées à la noix de coco, ce qui semblait mystérieusement bon, et de la crème glacée, ce qui était moins mystérieux, mais qui promettait d'être aussi bon.

Je n'ai pas mangé mon navet. Quand le garçon de

table est venu retirer les assiettes et nous demander ce que nous voulions pour le dessert, je me suis empressée de dire que je voulais de la crème glacée. Mlle Pugh était furieuse, mais elle ne voulait pas faire toute une histoire et attirer l'attention sur nous.

Plus tard, dans notre cabine, elle m'a fait tout un sermon! Elle a dit que j'étais méchante, gâtée, têtue et que j'allais mal finir. J'ai attendu qu'elle ait terminé, sans rien dire. J'encaissais sa colère tout en me répétant dans ma tête : « Bientôt je serai à la maison ».

Puis elle a dit qu'elle allait à la chorale et qu'elle s'attendait à me trouver endormie quand elle reviendrait. Je lui ai répondu que, de toute façon, je ne voulais pas aller à sa chorale nulle. Puis, rageusement, j'ai enfilé ma robe de nuit. Je ne me suis même pas brossé les dents.

Après son départ, j'étais furieuse. Il fallait que je fasse quelque chose d'épouvantable. Je me suis mise à lancer des choses : vêtements, chaussures, couvertures, livres. J'ai défait son lit. J'ai même vidé le sac dans lequel elle rangeait ses bigoudis. Ça me faisait du bien. Tout ce que j'avais retenu, pendant qu'elle me disait que j'étais méchante, sortait à gros bouillons.

Puis j'ai grimpé sur ma couchette, tiré le rideau, éteint la lumière et me suis couchée. Je ne l'ai pas entendue revenir.

Et là, soudain…

Je ne peux pas.

22 juin

Je voudrais continuer d'écrire au sujet des navets. La purée de navet, c'était au souper, la veille du naufrage. Cette nuit-là est une ligne, comme la ligne qui sépare les années avant et après Jésus-Christ, en histoire, ou comme la clôture autour du cimetière qui le sépare du reste du monde. Tout ce qui s'est passé avant que je me couche ce soir-là est « avant », et tout ce qui s'est passé à partir du moment où je me suis réveillée est « après ». Alors, je vais mettre par écrit tout ce qui s'est passé. Je n'arrêterai pas tant que je n'aurai pas terminé car, si je m'arrête, je n'aurai peut-être pas la force de reprendre.

Dimanche dans la nuit, j'ai été réveillée par un bruit. Pas un bruit de collision, comme l'hiver dernier quand je me suis cognée contre un arbre en glissant en traîne sauvage. C'était plutôt comme un tremblement. Je suis restée sans bouger ni rien dire, car je ne voulais pas parler à Mlle Pugh. J'avais peur à cause des vêtements que j'avais lancés partout. J'ai écouté longtemps, mais je ne l'ai pas entendue remuer. Je n'entendais que son ronflement étranglé. Je voulais me gratter le nez, mais je n'osais pas bouger. Je crois que je me suis rendormie. Dans mon sommeil, j'ai entendu une voix d'homme et des bruits d'agitation, mais j'étais dans un demi-sommeil. Ensuite, je me rappelle que Beryl a tiré mon rideau et a dit, d'un ton très autoritaire : « Qu'est-ce qui se passe ici? Vous devez vous rendre sur le pont ». Mlle Pugh parlait confusément d'un exercice de sauvetage et la seule chose qui la préoccupait était d'enlever les bigoudis de ses cheveux. Beryl m'a aidée à descendre de ma couchette et à enfiler mes chaussures. Elle m'a passé mon manteau par-dessus ma robe de nuit, puis mon gilet de sauvetage par-dessus le tout. Elle m'a mis une couverture sur les épaules et m'a fait sortir de la cabine, alors que je n'étais pas encore tout à fait réveillée. En sortant, Beryl a dit à Mlle Pugh qu'elle reviendrait la chercher et qu'elle devait être prête.

Dans le corridor, nous avons rencontré Joe. Beryl lui a dit que Mlle Pugh était encore dans la cabine. Il a dit et juré qu'il allait la chercher.

Maintenant que tout est terminé, que tout a été raconté dans les journaux et que tout le monde est au courant de tout, c'est bête que je n'aie pas compris ce qui se passait. Mais Beryl semblait seulement sérieuse, pas effrayée, quand elle me parlait. Il y avait du bruit, et les gens parlaient dans le corridor, mais personne ne courait, et personne ne criait.

Le pont était noir de monde. Les membres de l'équipage faisaient passer les canots de sauvetage par-dessus le bastingage. C'était effrayant : ils avaient l'air de disparaître dans la noirceur. On a fait avancer les femmes et les enfants, en demandant aux hommes de se tenir en retrait. Je ne voulais pas y aller. Je ne comprenais toujours pas que le paquebot était en train de couler. Tout ce que je pouvais faire, c'était obéir et rester immobile.

Des femmes n'ont pas voulu monter dans les canots. Elles ne voulaient pas quitter leurs maris.

Il faisait froid. Nous faisions de la buée en respirant. Je

crois avoir entendu de la musique, mais peut-être qu'on me l'a simplement dit par la suite.

Des hommes lançaient à la mer les chaises longues du pont. Je ne comprenais pas pourquoi.

Beryl se tenait à côté de moi et regardait sans cesse derrière elle. Finalement, elle a dit : « Bon! Viens avec moi. Nous allons monter dans le canot. N'aie pas peur ».

J'ai dit : « Et Mlle Pugh? » Beryl a répondu que le capitaine voulait que nous montions dans les canots au plus vite. Joe s'occuperait de Mlle Pugh et ils monteraient dans un autre canot. Elle m'a prise par la main avec fermeté et m'a fait avancer. Un membre de l'équipage responsable de l'opération nous a fait embarquer dans le canot, et Beryl m'a enveloppée dans ma couverture.

Tandis que le canot descendait le long du flanc du paquebot, j'ai finalement compris ce qui se passait. J'ai eu l'impression de me réveiller d'un seul coup.

En descendant, nous sommes passés devant une ligne de hublots tout éclairés, puis c'était la noirceur et encore une ligne de hublots tout éclairés. La lumière, la noirceur, la lumière, la noirceur. Il y avait même des gens sur certains ponts; des gens ordinaires.

Puis un homme est descendu par les câbles et a sauté dans notre canot. Il était responsable de notre groupe et il nous a dit ce que nous devions faire.

Nous nous sommes posés sur la mer, de grandes gerbes d'eau ont jailli de tous les côtés, et des femmes se sont mises à crier.

Je savais que j'aurais dû attendre Mlle Pugh, mais je

voulais partir avec Beryl. Je ne savais plus à laquelle je devais obéir. Je me pose des questions depuis ce moment-là. Je veux dire la vérité maintenant, dans ce récit, mais je ne sais pas de quel côté elle se trouve.

Dans notre canot, il y avait trois hommes qui ramaient. L'un d'eux avait le visage noirci par le charbon. Il portait un pantalon et un simple débardeur. Une femme lui a donné sa couverture.

Le paquebot était tout illuminé. Très, très loin, il y avait un autre paquebot plein de lumières, et un des hommes a dit que nous devions nous diriger vers lui pour qu'on nous prenne à son bord. Il a dit aussi que nous devions nous éloigner du *Titanic* parce que, s'il coulait, il nous aspirerait avec lui. C'était difficile à croire : comme si une ville entière allait couler.

Quand on fait un rêve, on comprend ce qui se passe comme dans un conte. Mais au réveil, on ne se rappelle que des petits bouts. Surtout quand il s'agit d'un cauchemar.

Voici ce qui s'est passé dans le canot.

Beryl a serré la couverture autour de mes épaules. Elle a essayé de me prendre contre elle, mais nos gilets de sauvetage nous empêchaient de nous serrer l'une contre l'autre. Il y avait un bébé dans notre canot. Il s'est mis à pleurer quand nous avons touché l'eau. Sa mère essayait de l'amuser en jouant à « coucou », mais sans succès.

J'ai posé ma tête sur les genoux de Beryl et j'ai fermé les yeux. Au bout d'un moment, il y a eu comme un long gémissement. J'ai relevé la tête et j'ai vu que les lumières du paquebot étaient éteintes. Une ou deux minutes plus tard, il s'est redressé, puis il s'est enfoncé dans la mer par la poupe. Quelqu'un a dit : « Il a sombré ».

Des gens priaient.

Un des rameurs a essayé de nous faire chanter, mais nous en étions incapables.

Encore une chose. J'ai entendu des gens dans l'eau. Ils appelaient à l'aide. Puis je ne les ai plus entendus.

J'ai la main trop fatiguée pour continuer d'écrire. Je terminerai demain.

23 juin

Mlle Caughey est très intelligente, mais je ne crois pas qu'écrire au sujet du *Titanic* va m'aider. Hier soir, j'ai encore fait mon rêve avec les visages qui fondent. C'est pire que des fantômes, des meurtriers, des araignées géantes ou je ne sais quoi encore.

Même réciter les *Mélis-Mélos* dix fois ne m'a pas aidée.

24 juin

Je me suis déjà sentie seule. Quand Charles est parti pour les États-Unis, j'allais souvent dans sa chambre et je regardais droit devant moi dans l'espoir de le voir revenir à la maison. Quand maman et papa m'ont saluée à la gare et que je me suis retrouvée seule avec Mlle Pugh, j'aurais voulu rentrer dans ma coquille comme une tortue. Quand minuit sonnait, je me convainquais que j'avais vu Charles du coin de l'œil. Mais je ne me suis jamais sentie aussi seule que dans ce canot de sauvetage.

Si seule que je ne connais aucun mot assez fort pour le décrire.

Beryl me parlait, me disait que tout irait bien et d'autres femmes étaient gentilles avec moi, mais il faisait si froid et si noir tout autour de nous! Trop noir pour que leur gentillesse m'atteigne. Les lumières de l'autre paquebot ne semblaient pas s'approcher de nous. Je m'étais sentie encore plus seule en regardant les milliers d'étoiles dans le ciel.

Je n'arrêtais pas de penser aux profondeurs de la mer, au mince fond du canot qui nous séparait des abîmes froids et silencieux dans lesquels un paquebot géant était en train de couler, couler. J'essayais de ne pas y penser, mais on aurait dit que mon esprit appartenait à quelqu'un d'autre ou que, si j'y pensais une seule fois de plus, je pourrais changer le fil des événements. Je pourrais faire revenir le *Titanic* à flot, gigantesque, magnifique et tout illuminé comme un sapin de Noël. Si j'y pensais une seule fois de plus, je pourrais dire que nous étions sortis nous promener en canot pour avoir une vue du paquebot en pleine mer, ce qui n'était pas possible à partir du port et encore moins quand nous étions à bord. Mais ça ne marchait pas, alors je recommençais, et je revenais toujours à la noirceur, au froid et au silence.

Avant le naufrage, je n'ai jamais vraiment réfléchi à la profondeur de l'océan. J'avais comparé le paquebot, avec tous ses ponts et ses étages de cabines, et ses passagers partout, à un gâteau fourré : une couche de chocolat, une autre de confiture de framboise, une autre de crème pâtissière et encore une de crème fouettée. Le paquebot ressemblait plus à un grand immeuble à étages qu'à un bateau. Je pensais aux chaudières et aux machines, mais ma pensée n'est jamais descendue jusqu'à l'eau.

La nuit était calme, mais quand le ciel a commencé à s'éclaircir, un petit vent s'est levé. Quand il a fait suffisamment clair pour voir, le paquebot n'était plus là. Il n'y avait que la mer et des glaces. D'énormes blocs de glace. Au début, ils étaient roses. Puis, avec le lever du soleil, ils ont pris une teinte dorée. C'est là que j'ai compris tout ce qu'on racontait au sujet des icebergs. Voilà ce qui était arrivé : le *Titanic* avait heurté un iceberg.

Je ne l'avais pas regardé sombrer. Alors, dans ma tête, je n'arrivais pas à croire qu'il avait disparu. Tous les fauteuils, la fine porcelaine, les coussins, les pianos, les pamplemousses. Impossible! Je n'ai pas pensé à tous les gens qui avaient disparu parce que je ne le savais pas encore. Ni aux femmes qui pleuraient leurs maris et leurs fils. Je les croyais dans d'autres canots. Je me disais que les gens dans l'eau avaient probablement été sauvés.

Le canot montait, puis descendait sur les vagues, et le mal de mer est revenu. J'ai bouché mes yeux et mes oreilles, et me suis concentrée pour ne pas être malade.

Je ne l'ai pas été, mais d'autres, oui. Les hommes ne ramaient plus, et personne ne parlait. Tout ce qu'on entendait, c'était la maman qui chantait des berceuses à son bébé. Soudain une des femmes a pointé le doigt vers l'horizon : il y avait un bateau! D'abord juste un petit point, il grossissait en s'approchant. C'était le *Carpathia*.

Durant toute la nuit, Beryl était restée calme et rassurante. Quand elle a vu le navire se diriger vers nous, très lentement, elle a dit : « Nous sommes sauvés! » Et elle s'est mise à pleurer.

25 juin

Qu'y a-t-il sous moi? Sous moi, en ce moment même? Et si je pouvais creuser sous moi? En ce moment, il y a un matelas, le sommier de mon lit, un plancher, un coin de la salle à manger, un plancher, la cave, puis de la terre, de la terre, de la terre.

Et ensuite? Le centre de la Terre. Je me rappelle en avoir discuté avec grand-papa.

Je vais faire semblant que c'est l'heure du déjeuner à Mill House. Je vais terminer ce récit en imaginant que je le raconte à grand-papa et à grand-maman.

Le *Carpathia* s'est approché de nous, et les rameurs ont amené le canot contre son flanc. Il y avait plein d'autres canots de sauvetage, et on entendait des voix d'hommes. Des échelles pendaient le long de la paroi du navire. Les deux rameurs m'ont installée dans un siège qui ressemblait à une balançoire, et on m'a hissée le long du flanc du navire. On aurait dit une falaise. J'aurais dû avoir peur, mais plus rien ne pouvait me faire peur.

J'avais besoin d'aller aux toilettes au plus vite et, dès que nous avons été à bord, Beryl en a trouvé.

Sur les ponts du *Carpathia*, les gens circulaient dans tous les sens à la recherche des leurs. Moi, je cherchais Mlle Pugh. Beryl cherchait Joe. Nous ne les avons pas trouvés. Beryl ne m'a pas quittée deux secondes.

J'ai vite retrouvé Marjorie et sa mère. Marjorie n'arrêtait pas de répéter : « Où est papa? Il a dit qu'il allait monter dans un autre canot ».

Je ne savais pas quoi lui dire.

C'est à ce moment-là que j'ai fait le lien entre des choses que j'avais vues ou entendues.

Il n'y avait pas assez de canots de sauvetage pour tout le monde.

Beaucoup de gens s'étaient noyés.

26 juin

À bord du *Carpathia*, tout le monde était gentil. L'équipage nous a apporté à manger. Les passagers ont partagé leurs cabines avec nous. Mais ils nous dévisageaient. C'était le début, et ça n'allait qu'empirer. Quand Irène m'a accusée de toujours vouloir être le centre de l'attention, elle se trompait complètement.

On disait que d'autres navires se trouvaient dans les parages, et que certains avaient sans doute sauvé d'autres survivants.

Nous sommes restés quatre jours et trois nuits à bord. Quand je repense aux cinq jours sur le *Titanic*, je me rappelle de tout ce que j'y ai fait à la minute près. Mais le temps passé à bord de l'autre paquebot est comme un brouillard dans ma tête. Beryl m'a trouvé des cartes à jouer, et j'ai fait des patiences. Elle m'a appris le jeu de l'horloge du grand-papa, plus compliqué que le jeu de l'horloge ordinaire que je connaissais déjà. Je me disais que, si j'arrivais à la réussir trois fois de suite, rien n'était arrivé. Pas d'iceberg, pas de naufrage, pas de noyés. Mais je n'y suis jamais arrivée. Puis, si j'arrivais à réussir deux fois de suite, que Mlle Pugh avait été sauvée par un autre navire se rendant à New York, et Joe et le père de Marjorie aussi. Mais je n'y arrivais pas deux fois de suite, alors il fallait que je continue.

À bord du *Titanic*, Marjorie et moi nous moquions des gens qui restaient étendus sur des chaises longues sur le pont pendant des heures. Maintenant, c'était moi qui le faisais. Beryl m'apportait à manger. J'avais tout le temps faim, faim de gâteau.

Je m'asseyais avec Marjorie et sa mère, mais on aurait dit que je nous ne savions plus nous comporter en amies, comme si nous avions oublié comment jouer.

Momon et Lolo étaient là, mais pas leur père. Une femme s'occupait d'eux. Je ne l'avais jamais vue avant.

Le dernier jour, j'ai réussi à aller manger dans la salle à dîner, à une table où il y avait une femme et un bébé. Quand le dîner a été terminé, elle a pris sa serviette de table et l'a mise dans son sac à main. Elle m'a chuchoté qu'elle n'avait pas de couches de rechange pour son bébé, alors elle devait se débrouiller. Les couches sont le genre de choses auxquelles les hommes responsables ne pensent pas toujours. Je lui ai passé ma serviette de table.

De gentilles dames nous ont fait de la place dans leur cabine, et l'une d'elles a pris une de ses robes et l'a taillée pour m'en faire un genre de tunique. Tandis qu'elle cousait, son aiguille me faisait penser à un poisson d'argent qui se tortille. J'aimais la regarder coudre, mais je n'ai pas aimé la tunique. Elle était mal ajustée. J'aurais dû me montrer plus reconnaissante. Mais pour se montrer reconnaissante, il faut d'abord avoir du cœur.

27 juin

Mes souvenirs du temps passé à bord du *Carpathia* sont noyés dans un brouillard de gâteaux et de jeux de patience. Pour faire passer le temps, Beryl me racontait des histoires. Pendant de longues heures, elle m'a parlé de ses souvenirs d'enfance et de tous les endroits où elle était allée, de tous les navires qu'elle avait pris, de tous les passagers qu'elle avait servis. Ces histoires chassaient aussitôt mes sentiments d'angoisse et de solitude, et me faisaient oublier l'horreur de porter les mêmes sous-vêtements depuis cinq jours.

Un jour en Jamaïque, alors qu'elle travaillait comme hôtesse sur un paquebot des Caraïbes, elle était descendue à terre avec une amie. Elles voulaient s'éloigner de tous les passagers et de toute l'activité du port. Elles avaient donc loué une voiture avec cocher et elles s'étaient rendues plus loin dans l'île, près d'une petite baie. Elles étaient parties marcher dans la forêt. Quand elles étaient revenues au bord de la mer, le soir tombait. Elles étaient fatiguées et elles avaient trop chaud, alors elles avaient décidé de se reposer un peu avant de retourner à la voiture de louage. Elles s'étaient assises sur un tronc d'arbre abattu et elles avaient bavardé un moment. Soudain, elles avaient entendu un gros « slurp », et le tronc s'était mis à bouger. Elles s'étaient vite levées, et elles avaient vu une grosse queue de crocodile onduler sur le sol. Elles s'étaient assises sur le dos d'un crocodile! Elles avaient pris leurs jambes à leur cou et s'étaient enfuies dans la forêt. Quand elles étaient arrivées près de la voiture, elles pleuraient et riaient en même temps.

28 juin

Quand j'écoutais les histoires de Beryl sur le *Carpathia*, je me sentais réconfortée. Mais ça ne fait pas le même effet quand on les raconte une seconde fois. Je dois écrire au sujet de ce dernier jour en mer.

Nous sommes arrivés à New York le soir, en plein orage, sous une pluie glaciale. Nous sommes tous montés sur le pont extérieur. En approchant du port, il y avait plein de petits bateaux avec des hommes qui criaient dans des porte-voix et qui essayaient de prendre des photos avec des flashs dont la lumière nous aveuglait. Beryl m'a expliqué que c'étaient des journalistes. Quelqu'un leur a demandé s'il y avait d'autres bateaux sauveteurs, et ils ont répondu que le *Carpathia* était le seul.

C'est à ce moment-là que j'ai compris que Mlle Pugh s'était noyée. Et Jack. Et Joe. Et le père de Marjorie. Et le père qui ne parlait jamais, celui de Momon et Lolo. Mais je le savais déjà, à cause du jeu de patience. Beryl n'a rien dit. Elle a juste serré ma main un peu plus fort.

Mlle Pugh s'était noyée, et c'était ma faute.

Elle ne s'était pas rendue à temps sur le pont extérieur

parce qu'elle n'arrivait pas à retrouver ses affaires, parce que j'avais tout lancé dans tous les sens, la veille au soir.

Voilà. Voilà cette vérité que je ne peux avouer que dans ces pages.

Mlle Pugh avait raison. Je suis têtue et méchante.

29 juin

Quand on a terriblement mal agi, ça ne fait pas du tout du bien de le raconter par écrit. Mais j'ai dit que je raconterais toute cette histoire, alors je vais le faire jusqu'au bout.

Nous nous sommes éloignés des petits bateaux et des gens à leur bord qui nous criaient : « Vous allez bientôt voir la grande dame », en parlant de la statue de la Liberté. Quand elle est apparue, illuminée par un éclair, tout le monde s'est exclamé. Elle ne m'intéressait pas. Je pensais seulement à qui allait venir me chercher. Maman et papa avaient-ils entendu parler du *Carpathia*? Savaient-il que j'étais en vie? Étaient-ils venus à New York?

Beryl m'a dit qu'elle ne pouvait pas débarquer avec moi parce que les membres de l'équipage devaient descendre les derniers, mais qu'il y aurait quelqu'un qui s'occuperait de moi et s'assurerait que je rentrerais chez moi en toute sécurité. Tant que nous étions à bord du *Carpathia*, je n'ai pas pleuré. Pas parce que j'étais courageuse, mais parce que je me sentais comme gelée en mon for intérieur. Quand il a fallu que je quitte Beryl, je n'arrêtais pas de pleurer. Elle m'a serrée très fort dans ses bras, puis elle a dit qu'il était temps que je débarque en prenant la passerelle et, maintenant que j'étais un vrai matelot, je n'oublierais jamais les termes marins. J'avais déjà perdu de vue Marjorie et je n'ai pas pu lui dire au revoir.

Une double clôture de bois dessinait un passage depuis le pied de la passerelle jusqu'à la porte de la gare maritime. Une foule immense attendait en silence le long des clôtures. Dès que j'ai été à l'intérieur de la gare, Charles est arrivé. Il ne m'a pas serrée dans ses bras ni embrassée. Il a juste ouvert son grand manteau et l'a refermé sur moi. Il sentait la laine mouillée et le tabac. Je m'y sentais à l'abri de tous les malheurs du monde.

30 juin

Quand je suis finalement arrivée à la maison, après avoir pris un train pour Montréal, puis un autre jusqu'à Halifax, suivi de l'horrible arrivée avec tous les journalistes, la première chose que maman m'a dite, c'est : « Oh, Dorothy! D'où te vient cette tenue? »

Deux choses à propos de ce moment. D'abord, je me rappelle le mal que s'était donné grand-maman pour que je n'arrive pas chez nous toute débraillée. Elle m'avait coupé les cheveux et taillé les ongles. Nous avions même prévu ce que je devais porter le jour de mon arrivée, et elle avait repassé des rubans à mettre dans mes cheveux quand je débarquerais. Et là, j'arrivais vêtue d'une robe bizarre, qui ne m'allait pas. J'avais des bleus et des égratignures sur les jambes et je ne me rappelais pas pourquoi. Je portais les mêmes sous-vêtements depuis cinq jours. Je n'avais pas de rubans dans les cheveux.

Ensuite, je savais que maman se fichait de la robe que je portais et qu'elle avait dit ça parce qu'elle ne savait pas quoi dire. Dans les pièces de théâtre, les gens disent toujours des choses vraies, importantes, chaque fois qu'ils parlent. Dans la vraie vie, parfois les mots vous sortent tout simplement de la bouche.

1er juillet

Lapin blanc!

Je ne vois pas l'intérêt d'en écrire davantage, sauf pour remplir les dernières pages de ce carnet.

Aujourd'hui, nous avons fait un pique-nique en l'honneur de la fête du Dominion du Canada. Tous les ans, M. Thorpe, notre voisin, se lève très tôt et hisse son drapeau à mi-mât pour protester contre l'inclusion de la Nouvelle-Écosse dans la Confédération canadienne. C'est arrivé il y a longtemps, mais papa dit que certains ont la mémoire longue et savent entretenir leur rancœur. Quand nous sommes passés devant chez lui, il travaillait à la pelle dans son jardin. Je lui ai crié : « Bonne fête du Canada, M. Thorpe! » Maman m'a dit « chut », parce que c'était effronté de ma part. Mais elle ne sait pas que M. Thorpe m'a fait un clin d'œil. Je crois qu'il attend ce jour-là toute l'année juste pour le plaisir de protester, et qu'il a autant de plaisir que toutes les familles qui se rendent au pique-nique.

Phoebe était au pique-nique. Winnifred, elle et moi

sommes restées ensemble un moment. Elles parlaient d'un incident qui s'était produit durant une partie de basket-ball, au printemps dernier. Évidemment, je n'étais pas là à ce moment-là. Je les ai donc laissées à leur discussion et je suis retournée auprès de ma famille.

2 juillet

Les confitures. J'ai coupé de la rhubarbe. Maman est si patiente quand nous faisons quelque chose ensemble! C'est toujours quand elle essaie de m'enseigner ce qu'il faut faire pour se comporter en jeune fille bien élevée que je m'énerve et que je me mets en rogne. Le simple geste de lisser mes sourcils avec son doigt mouillé de salive m'a irritée au point que je croyais que j'étais pour exploser. J'essaie alors de suivre le conseil de Mme Bland et de ne pas rester en colère longtemps, mais c'est plus facile à dire qu'à faire.

Maman m'a demandé si je me sentais déprimée. J'ai dit que non et je lui ai demandé pourquoi elle me posait cette question. Elle a répondu que je semblais d'humeur un peu maussade. Puis elle a ajouté que papa et elle me réservaient une surprise.

Je suis curieuse de savoir ce que c'est, mais je ne me sens pas impatiente. On dirait que j'ai perdu mon goût pour les surprises. Maman a peut-être raison : je suis d'humeur maussade. Pas étonnant que Phoebe et Winnifred n'aient pas vraiment envie de jouer avec moi!

3 juillet

Phoebe et sa famille sont venues ce soir pour notre soirée musicale. Elle s'est terminée sur une note tristounette. Tout allait pourtant bien. J'ai joué mon morceau de musique gitane au piano, sans me tromper. Puis la sœur de Phoebe, Edwina, m'a remplacée et elle a joué une partition difficile, de celles où on a l'impression que la main gauche doit appartenir à quelqu'un d'autre. Même en pratiquant mes gammes jour et nuit, d'aujourd'hui jusqu'à mes vingt ans, je n'arriverai jamais à jouer aussi bien.

Papa a joué un morceau de ragtime à la mandoline, et tout le monde riait et s'amusait. Puis il a dit que le père de Phoebe devait lui aussi présenter un numéro. Le père de Phoebe a répondu qu'il n'avait aucun talent pour la musique, et la mère de Phoebe a dit : « Voyons donc! Il a une magnifique voix de basse! » En jouant quelques accords, Edwina a insisté, et il a entonné un chant de marin. Il avait vraiment une voix étonnante, très profonde et si pleine qu'on avait l'impression de pouvoir la toucher du bout des doigts. Dans le refrain, on disait :

Tant de braves gens reposent dans ses profondeurs
Prudence
Pru-dennnn-ce

Sur ces mots, il a croisé mon regard. Il s'est arrêté net de chanter, a toussoté, a rougi jusqu'à la racine des cheveux et a dit : « Oh! Je suis désolé. Que je suis bête!

Je n'ai pas réfléchi deux secondes. »

Tout le monde était mal à l'aise et ne savait que faire, et moi, je ne comprenais toujours pas! Puis j'ai repensé aux paroles de la chanson : les braves gens reposent dans ses profondeurs.

Oh! Ça veut dire qu'ils se sont noyés!

J'aurais voulu arranger les choses, qu'il continue de chanter et que tout le monde rie encore. J'aurais voulu dire : « Je ne pense pas tout le temps au *Titanic*. Ce n'est pas ce qui compte le plus pour moi. N'arrêtez pas de chanter à cause de moi ». Mais j'étais figée, et l'heure de la musique s'est terminée là-dessus. Ensuite, nous avons mangé du gâteau, puis les gens sont rentrés chez eux. Je suppose que cette soirée musicale était la surprise.

4 juillet

Dans les histoires, la fin constitue souvent le retour d'un personnage chez lui. Dans *Les enfants du chemin de fer*, l'histoire se termine quand le père sort de prison et revient chez lui. Dans *Les Mélis-Mélos*, tout le monde rentre après vingt ans d'absence. Mais dans la vraie vie, il n'y a pas de fin. Maintenant, je ne suis plus seulement moi-même, mais aussi une « survivante du *Titanic* ». Comme si j'étais une héroïne. Mais les héroïnes sont censées se distinguer par des actes de bravoure, et je n'en ai fait aucun. Si je suis vivante aujourd'hui, c'est simplement de la chance, comme dans un jeu de patience.

5 juillet

Ce n'était pas la soirée musicale, la surprise!

Aujourd'hui, je voudrais bien écrire sous la forme d'une scène de théâtre. Mais la liste des personnages au début vendrait la mèche, et il n'y aurait pas de surprise. Alors, je vais écrire comme d'habitude. Il y a beaucoup à dire, alors je ne me casserai pas la tête pour soigner ma calligraphie.

Au déjeuner, maman et papa semblaient nerveux. Papa a pris une deuxième tasse de café, ce qui ne lui arrive jamais. Puis il a dit qu'il n'irait pas à la banque et qu'il prenait congé aujourd'hui. Papa ne prend jamais congé, sauf pour ses vacances annuelles, et ce n'était pas le moment. Puis il a dit qu'il allait chercher quelque chose. Ça sentait le mystère!

J'étais dans ma chambre, à faire mon lit et mettre un peu d'ordre, quand je l'ai entendu revenir à la maison. Il m'a appelée. Quand je suis arrivée au haut de l'escalier, je l'ai vu debout dans l'entrée, accompagné d'une personne qui portait un grand chapeau. Le chapeau a basculé vers l'arrière. C'était Beryl!

Je n'ai pas couru jusqu'en bas. J'ai volé!

La surprise, c'était Beryl!

Maman est sortie du salon, on a fait les présentations, et les trois adultes ont parlé de toutes sortes de choses. J'ai donc appris que maman et papa avaient écrit à Beryl. (Ils avaient écrit à Beryl sans rien m'en dire? Je n'avais pas le temps de me mettre en colère.) D'abord, ils lui ont écrit pour la remercier de s'être occupée de moi. Puis ils l'ont priée de venir nous rendre visite quand ça lui conviendrait. Par un heureux hasard, elle avait trouvé du travail sur un paquebot qui faisait escale à Halifax. Elle avait donc pris congé pour la journée et elle était venue chez nous. Et papa et maman de dire qu'ils avaient envie de la connaître depuis si longtemps, mais que Dorothy aimerait peut-être d'abord l'emmener faire un tour au parc.

Dès que nous avons franchi le seuil de la maison, Beryl s'est mise à parler à toute vitesse. Elle m'a raconté tout ce qui lui était arrivé depuis le *Carpathia*. Elle m'a dit qu'elle était terriblement peinée que nous n'ayons pas pu nous dire au revoir correctement. Quand l'équipage a pu débarquer, le quai, noir de monde un peu plus tôt, était vide et plongé dans l'obscurité. Les membres de l'équipage ont monté à bord d'une navette qui les a amenés à un autre quai et de là, jusqu'à un navire appelé le *Lapland*, où on leur a servi à souper dans la salle à manger de première classe.

Je me rappelais des arrêts à Cherbourg et à Queenstown où une navette, un petit bateau, transportait les passagers et les marchandises jusqu'aux grands paquebots. J'étais heureuse que Beryl me parle encore comme à une vraie matelot qui connaît le vocabulaire des gens de la mer.

Elle m'a dit que certains membres de l'équipage avaient dû rester à l'hôpital aux États-Unis parce qu'ils étaient malades. D'autres étaient restés pour discuter avec des gens importants de ce qui n'avait pas fonctionné sur le *Titanic* et pourquoi il n'y avait pas assez de canots de sauvetage. Quant à elle, elle avait obtenu la permission de se rendre à Plymouth, à bord du *Lapland*, et de là, elle était allée rester chez sa sœur mariée. Elle a dit que les enfants de sa sœur étaient comme certains passagers de première classe qu'elle ne nommerait pas, mais je savais de qui elle parlait.

J'avais oublié que Beryl me parlait comme si j'avais le même âge qu'elle.

Puis elle m'a raconté une anecdote intéressante à propos des deux petits Français, Momon et Lolo. Leur père les avait enlevés, et ils voyageaient sous de faux noms! Le père et la mère vivaient séparément. Je ne sais pas pourquoi. Ils avaient probablement eu une terrible dispute ou autre chose. Beryl n'était pas au courant. Toujours est-il que le père avait enlevé les garçons en France et les ramenait aux États-Unis. Il disait s'appeler Hoffman, mais son vrai nom était Navratil. Après le naufrage, la mère s'est rendue à New York et a ramené ses deux garçons en France. Je me demande si Momon trouve ça encore drôle quand on pointe le genou en disant « tête ».

Quand nous nous sommes assises sur un banc, dans le parc, Beryl m'a dit que c'était étrange de rentrer. « Ils sont toujours contents de me revoir, et encore plus cette fois-ci, mais rien ne change jamais, là-bas. » J'ai dit que c'était la même chose quand les *Mélis-Mélos* rentraient chez eux. Elle ne connaissait pas le poème, alors je le lui ai récité en entier. Elle a ri et hoché la tête, et elle m'a fait recommencer deux fois le passage sur le retour.

Vingt ans, croit-on, plus tard, ils sont tous revenus,
Vingt ans plus tard, ou davantage,
Et tout le monde a dit : « Dieu, comme ils ont grandi!
Car ils ont vu les Lacs, et la Torrible Zone,
Et les hauts monts de Chankly Bore. »

« La Torrible Zone », a dit Beryl. « Ça décrit bien ce qui nous est arrivé. Nous sommes des Mélis-Mélos, toi et moi, car nous sommes allées dans la Torrible Zone. »

Puis elle m'a dit qu'elle avait une grande décision à prendre. Quelques années auparavant, à bord d'un paquebot, elle avait rencontré un couple de personnes âgées très riches, qui venaient d'une ville appelée Atlanta, avec qui elle s'entendait très bien. « Des gens absolument charmants », m'a-t-elle dit. Après le *Titanic*, ils ont entendu parler de Beryl dans les journaux et ils ont trouvé le moyen de lui écrire. Ils lui offraient de l'engager. Beryl m'a dit qu'ils lui proposaient beaucoup d'argent, beaucoup plus que ce qu'elle gagnait comme hôtesse sur les paquebots. Et le travail serait moins dur. Plus de lourds plateaux à transporter. Plus de cloches qui sonnent à tout moment.

Je vais recopier ce qu'elle a dit ensuite : « C'est bizarre, surtout après cette terrible nuit, mais je crois que je ne pourrais pas vivre sans la mer. Si je travaillais à terre, même avec un emploi aussi agréable, je mourrais d'ennui ».

Elle a dit qu'elle ne pouvait pas parler à sa sœur de cette offre parce que celle-ci la traiterait de « folle furieuse » si elle refusait.

Puis elle m'a demandé ce que j'en pensais! J'ai dit que je n'en savais rien. En secret, je me demandais plutôt si elle avait un amoureux, si elle allait se marier et avoir des enfants ou si elle gagnerait toujours sa vie toute seule, en mer ou sur terre.

Puis je me suis posé une autre question : Joe avait-il été son amoureux? Comme c'était déjà si étrange de me trouver assise avec Beryl, à terre, dans le parc de Point Pleasant, je me suis permis de carrément lui poser la question. Elle a souri et elle a dit que non. Ce n'était pas son amoureux, mais c'était un très grand ami, et elle avait beaucoup de peine de l'avoir perdu.

Nous sommes restées silencieuses un moment, et nous avons partagé le mouchoir de Beryl parce que j'étais partie en coup de vent, sans en prendre un (et sans avoir terminé de faire mon lit et mon ménage).

C'est à ce moment-là que notre conversation s'est mise à ressembler à une pièce de théâtre.

DÉCOR
Un matin d'été. Un banc dans le parc de Point Pleasant.
PERSONNAGES
Beryl, *une hôtesse.*
Dorothy, *une jeune Canadienne.*

BERYL, *en enlevant ses chaussures.*
Ouf! Des chaussures neuves, et c'est la première fois que je les porte.
Pause. On entend le bruit des vagues.

BERYL

Dans les moments tranquilles, j'y repense.

La JC n'a pas besoin de lui demander de quoi elle parle.

BERYL

Je repasse dans ma tête les événements de cette nuit-là et j'essaie de les changer. J'aurais dû retourner chercher cette Mlle Pugh. J'aurais dû te faire embarquer dans le canot, puis retourner la chercher. J'y pense et j'y repense, et je n'arrive pas à comprendre ce qui n'a pas marché, pourquoi Joe et elle ne sont pas montés sur le pont extérieur, pourquoi Mlle Pugh n'était pas dans un des canots.

LA JC, *un peu perdue, car Beryl aurait dû savoir que Mlle Pugh avait été retardée parce qu'elle ne trouvait pas ses chaussures ou son manteau.*

Mais…

BERYL

Quoi donc?

LA JC

C'est ma faute.

BERYL, *étonnée.*

Comment?

LA JC

Le désordre. C'est moi qui avais mis tout à l'envers.

BERYL

Quel désordre?

LA JC

Le désordre dans la cabine, quand tu es venue nous chercher.

BERYL

Ce n'était pas en désordre.

LA JC

Mais, j'avais lancé plein de choses partout dans la cabine, avant de me mettre au lit.

BERYL, *en fronçant les sourcils.*

Oh! C'était donc ça? Je m'en souviens maintenant. Ce soir-là, quand je suis entrée dans votre cabine pendant que Mlle Pugh était à la chorale. Il y avait bien un peu de désordre, alors j'ai fait du rangement, sans faire de bruit parce que tu dormais à poings fermés. Maintenant que tu en parles, je me souviens que j'étais un peu surprise. En effet, votre cabine était toujours bien rangée, pas comme celles de certains passagers que je ne nommerai pas, où on aurait dit qu'une tornade passait par là tous les jours.

LA JC

Tu as rangé tout ce qui traînait?

BERYL

Oui. Ça faisait partie de mes tâches journalières.

LA JC

Tout?

BERYL

Absolument tout!

LA JC

Mais quand tu es venue nous chercher, Mlle Pugh n'arrêtait pas de dire : « Où est ceci et où est cela? »

BERYL

Parce qu'elle avait peur et que ça la rendait encore plus anxieuse que d'habitude. Elle n'arrêtait pas de dire qu'elle ne pouvait pas monter sur le pont extérieur tant qu'elle n'aurait pas enlevé ses bigoudis. Je ne pouvais pas l'attendre. J'avais la responsabilité de m'occuper de toi. Pourtant, depuis, je n'arrête pas de me demander : « Aurais-je dû retourner la chercher? »

RIDEAU

C'est à ce moment-là que j'ai été prise de vertige.

Il n'y avait pas de désordre. Le manteau de Mlle Pugh était là où il devait se trouver, et ses chaussures aussi.

Il n'y avait pas de désordre.

Le problème, c'étaient les bigoudis.

Ce n'était pas ma faute.

Ce n'était pas ma faute.

Soudain, un goéland a plongé vers la mer, ses ailes scintillant au soleil. Puis le ciel s'est rempli d'oiseaux qui piquaient et criaient. Mais peut-être étaient-ils là depuis le début?

6 juillet

Ça y est! J'ai presque terminé mon carnet.

Hier, Beryl est restée toute la journée. Nous avons grimpé sur les rochers, dans le parc, puis nous sommes rentrées à la maison pour le dîner. Maman nous a accompagnées au vieux marché. Beryl a acheté un panier. C'était une de ces journées où tout semble ordinaire, mais amusant. Tante Hazel est passée prendre le thé dans l'après-midi, et Beryl a raconté l'histoire du crocodile (elle s'était assise dessus), et une autre à propos d'un tatou apprivoisé. Tante Hazel a tellement ri que son thé lui est remonté dans le nez.

Puis Beryl a demandé à maman et tante Hazel si elle devait accepter la vie facile qu'on lui proposait à Atlanta. J'étais convaincue qu'elles répondraient : « Évidemment! » Mais tante Hazel a dit : « Non! » Et maman a ajouté, d'un ton très ferme : « Une jeune fille doit profiter au maximum de la vie pendant qu'elle est encore jeune », comme si elle avait dit : « *Une jeune fille doit profiter au maximum de la vie pendant qu'elle est encore jeune* ».

Puis, en regardant sa montre, tante Hazel a dit : « Leslie doit être rentré du bureau, à l'heure qu'il est. J'ai une idée. Je reviens dans une demi-heure ». Quand elle est revenue, elle était avec oncle Leslie, dans la Tudhope Torpedo. Nous nous sommes tous empilés dans la voiture et nous sommes allés reconduire Beryl au port, en grande pompe!

En arrivant sur le quai, tante Hazel a demandé à Beryl si elle avait peur de reprendre la mer. « Pas du tout, car je me dis que maintenant je suis à l'abri des naufrages, a-t-elle répondu tout en m'ébouriffant les cheveux. Et ça vaut aussi pour Dorothy. Elle est devenue une vraie matelot. Et puis, quelles sont les chances pour qu'elle ou moi soyons célèbres une seconde fois? »

Je pense que, si grand-papa avait été là, il aurait dit que quelque chose clochait dans la logique de Beryl. Mais il n'y était pas. Moi, j'étais là sur le quai grouillant d'activité, entourée d'odeurs de goudron et de poisson, les cheveux en bataille, devant un paquebot géant, avec tout le monde qui souriait, et c'était exactement ce que je voulais entendre.

Épilogue

Dorothy souhaitait de toute son âme que le naufrage du *Titanic* devienne un lointain souvenir, et elle y a réussi en bonne partie. Elle a refusé de donner des entrevues. Elle n'a assisté à aucune assemblée. Les gens avec qui elle s'est liée d'amitié au fil des ans ignoraient qu'elle était une survivante du *Titanic*. Elle ne l'a même pas dit à ses enfants. Finalement, enterrer le passé n'avait pas été très difficile. L'intérêt pour le *Titanic* s'est peu à peu estompé. Il a fallu attendre 1955 pour qu'un premier livre documentaire soit publié au sujet du paquebot naufragé de 1912.

Pour les gens d'Halifax, le naufrage du *Titanic* a vite été oublié quand, en 1917, un cargo français chargé d'explosifs est entré en collision avec un autre bateau dans le port, provoquant la plus grosse explosion d'origine non naturelle. Dorothy faisait alors sa dernière année à l'école. Durant la prière du matin, on a entendu un énorme bruit, et toutes les vitres de l'école ont explosé. Elle a été légèrement blessée. L'école a été transformée en hôpital, et plusieurs élèves ont passé les semaines suivantes à travailler bénévolement. Tandis qu'elle distribuait des vêtements aux sans-abri, Dorothy n'arrêtait pas de penser à la gentille dame à bord du *Carpathia*. Au printemps suivant, pour l'album annuel de l'école, elle a fait un récit détaillé et empreint de compassion de son expérience de travail au centre de distribution de vêtements.

Une fois diplômée, Dorothy est allée à l'université. À l'approche de la vingtaine, elle s'est rendu compte qu'elle avait relégué aux oubliettes ses souvenirs du *Titanic*. Mais ce qu'elle avait vécu avait suscité une vraie passion pour le journalisme. Elle continuait de se demander comment on avait pu publier dans les journaux des informations aussi fausses que : « Tous les passagers sains et saufs après l'accident du *Titanic*. » Elle a interrompu ses études universitaires et s'est trouvé un emploi de journaliste. Sa mère était horrifiée et sa grand-mère, aux anges. « **Exactement ce qu'il nous faut : des femmes qui écrivent sur l'actualité.** »

Au début de sa carrière, Dorothy devait rédiger une recette de carrés aux dattes ou faire la revue des nouveaux styles de parasols lancés sur le marché. Mais en faisant la preuve de ses qualités exceptionnelles d'écrivaine, de documentaliste et d'intervieweuse, elle s'est peu à peu fait accepter par le cercle très fermé et essentiellement masculin des journalistes de reportage, pour finalement devenir la représentante de son journal à Ottawa. Rien ne l'intéressait plus que de déboulonner un mythe ou de révéler un scandale.

Beryl et Dorothy ont correspondu durant toute leur vie. Beryl n'a pas accepté le poste à Atlanta. Elle a plutôt continué sa carrière d'hôtesse. Elle a même fait l'expérience d'un second naufrage. En mai 1915, elle travaillait à bord du *Lusitania*, de la compagnie Cunard, quand le paquebot a été torpillé par un sous-marin allemand et a sombré en dix-huit minutes. Elle y a survécu et a néanmoins continué de travailler en mer toute sa vie.

Owen est allé à l'université, encouragé par les grands-parents de Dorothy, et a fait carrière dans la fonction publique britannique. Il a toujours été très discret à propos de ses véritables fonctions. Dorothy avait pour son dire qu'il était espion, mais même avec ses talents d'intervieweuse, elle n'a jamais réussi à en obtenir la confirmation. Millie s'est mariée avec un jeune homme du village, à son retour de la Grande Guerre. Ils ont acheté une boutique de friandises et de journaux à Londres.

L'intérêt pour le *Titanic* a repris en 1955, avec la publication du roman *A Night to Remember* (*La nuit du Titanic*, paru en français en 1958), et encore plus avec la sortie en 1958 d'un film inspiré du livre et portant le même titre (*Atlantique, latitude 41°* en français, lancé en 1958). Dorothy a bien aimé le livre (« excellent, pour un roman », a-t-elle déclaré) et elle a trouvé que le film était généralement bien documenté et assez juste. C'était le plus beau compliment qu'elle pouvait faire. Mais à l'âge de 97 ans, toujours active malgré son fauteuil roulant, personne n'a réussi à la convaincre d'aller voir le nouveau film à grand succès *Titanic*, malgré les supplications de son arrière-petite-fille qui avait fini par découvrir que sa famille était liée à l'histoire du paquebot. Dorothy a refusé. « J'ai vu les annonces avec cet acteur tout maigrelet, a-t-elle dit. Et je sais que ça va être **n'importe quoi!** » Son arrière-petite-fille s'y est donc rendue seule. Elle n'a pas trouvé que Leonardo Di Caprio faisait maigrelet.

Note historique

À la garderie, une fillette installe sa poupée Barbie dans un contenant de yogourt et la fait flotter dans l'eau d'une pataugeoire en plastique. Le contenant verse sur le côté, commence à se remplir d'eau, puis coule à pic. « Le *Titanic* », s'écrie la fillette.

Dans un camp d'été des enfants chantent avec entrain une chanson décrivant le naufrage du *Titanic*, dont certaines parties sont loufoques.

Sur eBay, on annonce une vente aux enchères d'un « authentique morceau de charbon récupéré de l'épave du *Titanic* lors de l'expédition sous-marine de 1994 », en précisant que « la taille du morceau peut varier ».

Le *Titanic* n'est pas la seule catastrophe maritime de son époque. Deux ans plus tard, l'*Empress of Ireland* est entré en collision avec un navire de transport sur le fleuve Saint-Laurent et a sombré, faisant 1 012 victimes.

Le *Titanic* n'était pas non plus le seul paquebot de luxe à sillonner les mers. Son jumeau, l'*Olympic*, avait été lancé un an avant lui. Au cours de la même décennie que le naufrage du *Titanic*, plusieurs catastrophes naturelles ont fait de nombreux morts : 3 000 personnes lors du tremblement de terre de San Francisco, en 1906, et 28 000 personnes lors de l'éruption volcanique de la montagne Pelée en Martinique, dans les Antilles, en 1902. Mais de toutes ces catastrophes, c'est celle du *Titanic* dont tout le monde se rappelle. Pourquoi?

Si le nom du *Titanic* est aujourd'hui connu de tous, c'est en partie à cause des célébrités qui se trouvaient à son bord. Aujourd'hui, tout comme à l'époque, nous sommes fascinés par la vie des gens riches et célèbres. Une vedette du cinéma est mal coiffée tel jour, une chanteuse populaire refait la décoration de sa salle de bain, une animatrice de renom plaque son petit ami, et soudain la nouvelle se répand sur les réseaux sociaux, comme Twitter ou Facebook, et est publiée dans les magazines illustrés. Nous voulons connaître tous les faits et gestes des célébrités. Parmi ses passagers de première classe, le *Titanic* avait à son bord toute une brochette de célébrités, l'équivalent en 1912 de nos vedettes populaires d'aujourd'hui. Il y avait des aristocrates, comme la comtesse de Rothes ou Sir Cosmo et Lady Duff Gordon. D'autres étaient connus pour leurs exploits ou leurs œuvres : un aviateur, un sculpteur, un artiste, un cinéaste ou un écrivain réputé. Toutefois, ce qui intéressait vraiment le public, c'était la richesse de certains, comme John Jacob Astor, Benjamin Guggenheim ou George Widener. Ils étaient extrêmement riches, tout le monde connaissait leurs noms, et le public était rempli d'admiration et d'envie à leur égard. La somme cumulative des avoirs des passagers de première classe du *Titanic* est évaluée à environ 9,8 milliards de dollars (valeur actuelle). Leurs vêtements, leurs bijoux, leurs animaux de compagnie, leurs voitures automobiles, leurs jouets, leurs maîtresses (M. Guggenheim voyageait avec une femme qui n'était pas son épouse) : beaucoup d'encre a coulé, et continue de couler, pour publier ce genre de détails dans les journaux et les magazines.

Le *Titanic* continue aussi de nous fasciner à cause des trésors qui ont été engloutis avec lui. Ce qui reste de ce somptueux paquebot gît à 3 798 mètres sous l'eau. Tout ce luxe suprême et toute son histoire n'attendaient que d'être redécouverts. Très vite après le naufrage, on a envisagé de remettre l'épave du *Titanic* à flot. Une des idées les plus farfelues était de la remplir de balles de ping-pong qui l'auraient fait flotter et remonter à la surface. Tous ces plans étaient bien beaux, mais inutiles, car personne ne savait où se trouvait l'épave exactement. Les expéditions sous-marines de 1980, 1981 et 1983 n'ont pas réussi à la localiser. Mais en 1985, une caméra vidéo qui filmait le plancher océanique dans la zone où s'était produit le naufrage est tombée sur un champ de débris qui conduisaient jusqu'à l'épave. L'homme qui l'a aperçue le premier, Robert Ballard, a dit que : « À première vue, c'était une immense dalle d'acier noir ».

Grâce à cette découverte, on a pu répondre à quelques questions. Plusieurs survivants avaient dit que le paquebot s'était brisé en deux en coulant, et l'épave l'a confirmé. Puis des objets ont été récupérés, comme des morceaux de charbon. Mais il est peu probable qu'on essaie de remettre l'épave à flot. Le *Titanic* n'est plus qu'un souvenir, et il gardera ses secrets.

Le naufrage du *Titanic* continue d'alimenter notre imagination par les nombreuses questions qu'il laisse en suspens et tous les mystères qui demeurent non résolus.

Depuis plus d'un siècle, mythes et réalité s'entremêlent à son sujet. Le capitaine Smith a-t-il sauvé un bébé? Une momie égyptienne présente à bord du paquebot aurait-elle attiré le malheur sur la traversée? Un ouvrier travaillant sur le paquebot a-t-il vraiment peint sur son gouvernail *We defy God to sink her* (Dieu lui-même ne pourrait pas couler ce bateau)?

Ce naufrage a également soulevé des questions plus importantes. À l'époque de la catastrophe, on s'est demandé comment il se faisait que « l'insubmersible » *Titanic* ait pu couler en moins de trois heures. Pourquoi n'y avait-il pas assez de canots de sauvetage? Pourquoi n'y avait-il pas eu un seul exercice d'évacuation du navire? Pourquoi le *Californian*, qui croisait dans les mêmes eaux, n'a-t-il pas répondu aux appels de détresse du *Titanic*? Qui fallait-il tenir responsable de cette catastrophe?

On cherchait qui blâmer et on voulait trouver un sens à ce naufrage. Pour certains, c'était un avertissement contre le danger et les faiblesses de la technologie. Le dimanche 21 avril 1912, dans l'église St. Matthew d'Halifax, le Révérend J. W. Macmillan a déclaré ce qui suit dans son sermon : « Nous devons, tous et chacun d'entre nous, porter le blâme de toute une génération obnubilée par une débauche de plaisirs. Ces mille six cents vies perdues en sont les pauvres victimes. La société dans laquelle nous vivons ressemble à une bande de bambins qui se trouverait dans un entrepôt d'outils dangereux et d'explosifs, et qui jouerait sans vergogne avec de la poudre à canon, des allumettes, des machines à vapeur et des dispositifs électriques. »

Quand on se penche sur l'événement d'un point de vue rétrospectif, la principale question qui se pose est d'ordre moral et concerne la valeur qu'on accorde à une vie humaine. Le monde du *Titanic* était divisé de manière rigide en classes de citoyens, basées sur la richesse. Le coût de la traversée en première classe était de 480 dollars et celui de la troisième classe, de 35 dollars, ce qui équivaut en valeur actuelle à environ 11 000 dollars et 800 dollars respectivement. Les passagers de première classe avaient accès aux bains turcs richement décorés de mosaïques à l'orientale, tandis que les 700 passagers de la troisième classe devaient se partager deux baignoires. S'est-on interrogé, à l'époque, sur ces différences? Probablement pas. On considérait que tous les passagers étaient bien logés, bien nourris et participaient à un moment historique.

Mais le *Titanic* a heurté un iceberg. Les canots de sauvetage pouvaient accommoder 1 178 personnes, et il y en avait environ 2 200 à bord. Dans ces conditions, qui sauver? La coutume dictait le choix des femmes et des enfants en priorité. Les hommes qui se sont tenus en retrait tandis que les femmes et les enfants montaient à bord des canots sont devenus autant de héros.

Un autre prédicateur d'Halifax a dit, ce même dimanche : « Voilà assurément une grande leçon d'amour, et c'est ce don de soi qui fait l'étoffe des héros ». D'autres n'en étaient pas totalement convaincus. Un journaliste du Halifax Morning Chronicle a écrit ceci : « John Astor Jacob, riche à millions, Charles M. Hayes, magnat des chemins de fer, et les autres ne se mêlaient pas aux paysannes entourées d'un châle ». La vie d'un capitaine d'industrie vaut-elle plus que la vie d'une pauvre émigrante anonyme? Le journaliste semble avoir quelques doutes. Les statistiques sur l'origine des survivants parlent d'elles-mêmes : 63 pour cent des passagers de première classe ont été sauvés, 43 pour cent de la deuxième et 25 pour cent de la troisième.

Qui mérite de survivre? Quelle décision auriez-vous prise? Qu'auriez-vous fait si vous vous étiez trouvés sur ce pont bondé de passagers, en pleine nuit?

Près de 100 ans après avoir sombré dans les profondeurs de l'océan, le *Titanic* réussit encore à faire les manchettes. Ainsi, en 2007, l'identité du « petit garçon inconnu » pour qui on a fait une grande cérémonie lors de son enterrement dans le cimetière Fairview, à Halifax, a été établie grâce à l'analyse de son ADN. Il s'agissait de Sidney Leslie Goodwin, âgé de 19 mois, voyageant en troisième classe. Ses parents, ses deux sœurs et ses trois frères ont tous péri dans le naufrage.

Le *Titanic* a survécu dans nos mémoires parce qu'il présente tous les éléments d'une bonne histoire : le luxe exotique, l'arrogance, la cupidité, le mystère, l'héroïsme, l'altruisme, le romantisme, le suspense, les personnages extraordinaires, les implacables forces de la nature, la puissance et l'ingéniosité des grosses machines et, au centre, un petit espace vide, tout juste assez grand pour nous faire une petite place. Dans l'histoire du *Titanic* qu'on se raconte en secret, est-on une baronne ou un garçon d'ascenseur, un commandant en second ou une pauvre paysanne d'Europe ? Ou encore, un musicien de l'orchestre ? Ou un de ces chauffeurs qui se sont attardés trop longtemps dans le pub de Southampton et qui ont manqué le voyage inaugural du *Titanic* ? Et au moment du naufrage, a-t-on été sauvé en embarquant dans un canot de sauvetage ? Ou, désespéré, a-t-on sauté dans l'eau glaciale ? Ou encore, est-on resté dans le salon de première classe et a-t-on continué de jouer aux cartes pendant que le navire sombrait ? Dans l'histoire qu'on se raconte au sujet du *Titanic*, que la fin soit tragique, heureuse ou ironique, une chose ne change jamais : on est tout sauf ordinaire.

Dorothy et sa famille, à Halifax et en Angleterre, sont des personnages de fiction. Toutefois, leur entourage comporte des personnes qui ont vraiment existé. Ainsi Mme Bland, qui signait ses ouvrages du nom d'E. Nesbit, était une vraie écrivaine, et ses livres sont passionnants à lire, encore aujourd'hui. Momon, Lolo et leur père, passagers du *Titanic*, ont réellement vécu. Le capitaine du *Titanic* était véritablement le capitaine Smith. Fred, le garçon d'ascenseur, aussi est authentique : il s'appelait Frederick Allen, et il avait 17 ans. Il n'a pas survécu.

Le Titanic au départ de Southampton, le 10 avril 1912. Au moment de son lancement, le Titanic était le plus grand objet mobile jamais construit par l'homme de toute l'histoire.

Sur cette coupe longitudinale du Titanic, on peut localiser les cabines (A) et la de deuxième et les cabines (E) de troisième.

...anger (B) de première classe, les cabines (C) et la salle à manger (D)

Le voyage inaugural du Titanic était la dernière traversée du capitaine E. J. Smith : après cela, il devait prendre sa retraite.

Une dame essaie une bicyclette d'exercice dans le gymnase complètement équipé du Titanic.

R.M.S *TITANIC*

APRIL 14, 1912.

DINNER

CONSOMMÉ   TAPIOCA
BAKED HADDOCK, SHARP SAUCE
CURRIED CHICKEN & RICE
SPRING LAMB, MINT SAUCE
ROAST TURKEY, CRANBERRY SAUCE
GREEN PEAS   PUREED TURNIPS
BOILED RICE
BOILED & ROASTED POTATOES

PLUM PUDDING
WINE JELLY   COCOANUT SANDWICH
AMERICAN ICE CREAM
NUTS ASSORTED
FRESH FRUIT
CHEESE   BISCUITS
COFFEE

Reproduction du menu du souper, servi dans la salle à manger de deuxième classe le soir où le Titanic a heurté un iceberg. On y lit « American ice cream » (crème glacée) et « pureed turnips » (purée de navets), comme le raconte Dorothy dans son journal.

Reconstitution artistique sur laquelle figurent les canots de sauvetage qu'on fait descendre le long de la paroi du navire, sur 22 mètres de hauteur, tandis que d'autres canots déjà à l'eau s'éloignent du paquebot.

Canot de sauvetage du Titanic, transportant des survivants, photographié alors qu'il s'approchait du navire sauveteur Carpathia. Une note au verso du cliché souligne que les enfants « Navratil » (pour Navratil) s'y trouvaient peut-être. Voir la photo de la page suivante.

Les deux petits frères français, Michel (4 ans) et Edmond (2 ans) Navratil, ont survécu au naufrage du Titanic. Leur père, qui les emmenait aux États-Unis à l'insu de sa femme, est mort dans la catastrophe.

Des passagers à bord du Carpathia improvisent de quoi habiller les survivants du Titanic avec des couvertures ou leurs propres vêtements.

Le naufrage du Titanic a fait les manchettes de tous les journaux à travers le monde. Dans leurs premières éditions, certains ont rapporté de manière erronée que le paquebot n'avait pas coulé et qu'on le remorquait vers un port. Le naufrage du Titanic a été la plus grosse affaire journalistique de son époque.

Cercueils et corbillards sur le quai d'Halifax, attendant que les corps des victimes soient débarqués du Minia qui aidait le Mackay-Bennett à récupérer les dépouilles des passagers. La patinoire de curling Mayflower, à Halifax, avait été temporairement transformée en morgue où les familles des victimes allaient identifier les corps et récupérer leurs possessions.

164

Deux hôtesses du Titanic se promenant dans Plymouth après avoir survécu au naufrage.

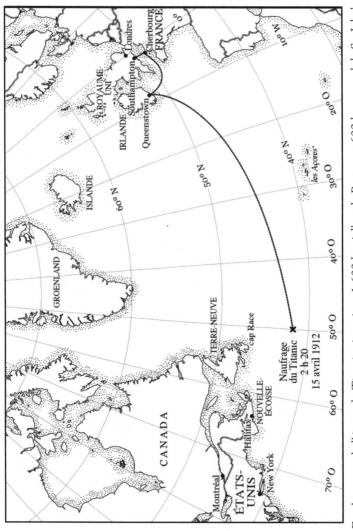

Emplacement de l'épave du Titanic, à environ 1 600 km à l'est de Boston et 600 km au sud de St. John's, à Terre-Neuve.

Remerciements

Sincères remerciements aux personnes et organismes qui nous ont permis de reproduire les documents mentionnés ci-dessous.

Couverture (portrait en médaillon) : détail tiré de *Young War Worker*, Getty images/Keystone, HGE : 2 666 206.
Couverture (arrière-plan) : détail d'un tableau de Ken Marshall © 1982.

Page 153 : Le *Titanic* quittant Southampton, Brown Brothers, cliché PIX 428.
Pages 154 et 155 : COUPE LONGITUDINALE DU TITANIC, le paquebot de la White Star qui a sombré dans la nuit du 14 au 15 avril 1912 après avoir heurté un iceberg dans l'Atlantique, lors de son voyage inaugural; document n° 0061041, Collection Granger, New York.
Page 156 : Southampton City Council Arts & Heritage.
Page 157 : TITANIC : GYMNASE, 1912. Une passagère se maintient en forme à bord du *Titanic*, document n° 0074265, Collection Granger, New York.
Page 158 : extrait du menu du soir de la seconde classe, le 14 avril 1912.
Page 159 : LE TITANIC, 1912. La mise à l'eau des canots de sauvetage du *Titanic*, paquebot de la White Star, après qu'il ait heurté un iceberg dans l'Atlantique Nord le 14 avril 1912; illustration contemporaine, document n° 0046019, Collection Granger, New York.
Page 160 : Photo d'un canot de sauvetage transportant des survivants, National Archives and Records, identificateur ARC 278338/MRL n° 383.
Page 161 : TITANIC : SURVIVANTS, 1912. Deux frères français, Michel (4 ans) et Edmond (2 ans) Navratil, qui ont survécu au naufrage du *Titanic*; leur père est mort dans la catastrophe et, au moment où cette photo a été prise, ils n'avaient pas encore été rendus à leur mère. Photographiés en avril 1912, document n° 0109464, Collection Granger, New York.
Page 162 : TITANIC. Le secours aux survivants : des passagères du *Carpathia* cousent pour les survivants du *Titanic* et leur distribuent des

vêtements, document n° 0005882, Collection Granger, New York.

Page 163 : Jeunes camelots, Newspaper Express, copyright © topham Picture-Point, Getstock.com 2225800159.

Page 164 : Corbillards stationnés sur le quai d'Halifax, près de l'embarcadère 4 du port actuel du NCSM, attendant de recevoir les corps des victimes du *Titanic* ramenés par le Minia, le 6 mai 1912; n° de référence : NSARM, tiroirs à photos : transport et communication – navires et navigation – *Titanic* n° 3, Nova Scotia Arms and Records Management.

Page 165 : Southampton City Council Arts & Heritage.

Page 166 : Carte de Paul Heersink/Paperglyphs.

L'éditrice tient à remercier George Behe, de l'*Encyclopedia Titanica*, pour sa lecture critique de notre texte à titre d'expert, et à Barbara Hehner, pour sa vérification d'autres faits et détails.

Pour Carmen et Winnie

Note de l'auteure

En faisant les lectures préparatoires à mon histoire sur Dorothy et sur le *Titanic*, j'avais l'impression de nager dans un univers de faits et de statistiques. En effet, le naufrage du *Titanic* est un de ces sujets qui se prête bien aux chiffres et aux records, du genre de ceux qu'on trouve dans le *Livre Guinness des records.* Il existe même un mot pour désigner les gens fascinés par ce dossier : les « titaniaques », comme dans « maniaque ». J'en étais donc devenue une. Combien de plumes d'autruche y avait-il en cargaison, à bord du *Titanic*? Quels morceaux l'orchestre a-t-il joués? Quelle était la valeur totale des diamants des riches passagers? De quelle taille? De quelle grosseur? À quelle distance? À quelle vitesse? Combien ceci? Combien cela? Mes amis ont été bien patients, tout le temps que je les ai assommés avec tous ces faits et statistiques à propos du *Titanic*.

Toutefois, en commençant à écrire mon histoire, j'ai découvert que les faits n'étaient pas aussi inspirants que les images ou les récits de ce qui s'est passé ou de ce qui aurait pu se produire. Par exemple, le 17 avril 1912, le *Mackay-Bennett*, un navire réparateur de câbles sous-marins, a quitté le port d'Halifax pour aller récupérer les corps des victimes du *Titanic*. (Neuf jours de recherche, 306 corps, dont 116 rejetés à la mer.) Pour les marins, les embaumeurs, les entrepreneurs de pompes funèbres et les membres du clergé impliqués, l'opération a sûrement été horrible et même, traumatisante. L'image qu'il m'en reste vient d'un article de journal qui décrivait le moment où le *Mackay-Bennett* se préparait à quitter son port d'attache. Le journaliste décrit l'activité frénétique habituelle d'un site portuaire. À l'entrée de l'embarcadère, on voit une centaine de cercueils. Vers le milieu, de gros blocs de glace sont en train d'être stockés dans les soutes du navire. Au bout, une foule de reporters avec leurs appareils photo. La glace va servir à préserver les corps récupérés, en attendant de les ramener à Halifax, puis de les identifier et de les enterrer. Je ne pouvais pas inclure cette scène dans l'histoire de Dorothy parce qu'elle n'était pas à Halifax pour la voir. Mais l'ironie de cette scène me hante encore : des blocs de glace qu'on charge sur un bateau qui ensuite se rendra sur une mer couverte d'icebergs...

La grandiose histoire du *Titanic* est faite d'une multitude de petites anecdotes. En voici une. Quand les survivants, dans les canots de sauvetage, ont vu les premières fusées éclairantes lancées par le paquebot sauveteur *Carpathia* (à 3 h 30 du matin, paquebot de la Cunard, 743 passagers embarqués à New York pour une croisière dans la Méditerranée, naviguant à une vitesse de 17,5 nœuds en direction des rescapés), ils ont signalé leur position en faisant brûler des journaux, des lettres personnelles et des mouchoirs. Mon cerveau d'écrivaine ne peut s'empêcher d'être étonné. Qui penserait à apporter des journaux à bord d'un canot de sauvetage? Plus sérieusement, pourquoi avoir apporté des lettres? Quelle lettre pourrait être si importante qu'on s'empresserait de la glisser dans sa poche alors que le paquebot coule? Et pourquoi la brûler ensuite? Un moment d'hésitation? Parmi tout ce qu'on possède, quelle serait la première chose qu'on prendrait avec soi, en cas d'incendie, d'inondation ou de tremblement de terre?

L'histoire d'une catastrophe est toujours faite d'une série de hasards, heureux ou malheureux. Au printemps 1912, Kit Buckley, âgée de 22 ans, avait une place à bord du *Cymeric*, un petit navire de la White Star, pour se rendre d'Irlande à Boston. Malheureusement, il y avait une grève dans les mines de charbon, et le navire n'a pas pu appareiller. Heureusement, on lui a offert une place sur le *Titanic*. Malheureusement, c'était en troisième classe, et elle est une des victimes du naufrage. Sa dépouille portait le numéro 299. Pire encore, sa famille a reproché à sa demi-sœur de l'avoir encouragée à partir pour le Nouveau-Monde. Deux clans se sont alors formés et se sont opposés dans un conflit familial rempli d'amertume. Heureusement, près d'un siècle plus tard, les deux clans se sont réconciliés lors d'une cérémonie à la mémoire de Kit, où ils ont inauguré une pierre tombale nouvellement posée sur sa tombe.

Les meilleures photographies illustrant la vie à bord du *Titanic* nous viennent de Francis M. Browne, un étudiant irlandais en théologie. Browne avait eu la chance d'obtenir un billet de première classe pour une nuit à bord du *Titanic*, de Southampton à Queenstown. D'énormes machines très impressionnantes, des scènes de marins à l'œuvre, des passagers très élégants : toute une occasion pour un photographe amateur! L'après-midi du départ, puis le lendemain matin, il a passé son temps à prendre des photos. Malheureusement pour nous, il n'a passé que deux jours à bord. Heureusement, il a eu le temps de fraterniser avec un couple de millionnaires qui se sont entichés de lui et ont offert de lui acheter un billet pour le voyage à New York, aller et retour. Malheureusement, le frère Browne a envoyé un télégramme à son supérieur pour demander la permission de continuer le voyage, et celui-ci lui a renvoyé une réponse très claire : DÉBARQUEZ DE CE NAVIRE! Heureusement, Francis Browne a obéi aux ordres et, de ce fait, a survécu. Seulement 17 % des hommes de première classe ont survécu, et ses chances à lui auraient été très minces. Ses photos aussi ont échappé au naufrage. Ce sont les derniers documents visuels qu'il nous reste de la vie à bord du fabuleux paquebot.

Ce qui aurait pu se produire est fascinant, mais ce qui aurait pu ne pas se produire l'est peut-être encore plus. Ainsi, à cause du *Titanic*, l'écrivaine canadienne Linda Bailey n'aurait jamais existé. En effet, sa grand-mère, qui avait émigré de Pologne en 1912, était censée voyager à bord du *Titanic*, mais les plans de sa famille ont changé à la dernière minute. Comme le raconte Linda : « C'étaient des paysans. Nous savons donc ce qui serait arrivé de ma grand-mère ». La prochaine fois que vous lirez un roman de Linda Bailey, vous aurez peut-être l'impression d'être plus près de cette nuit fatale où a sombré le géant des mers.

Des gens de tous les âges et de partout dans le monde ont survécu à cette catastrophe, depuis Simonne

Laroche, petite Haïtienne francophone de trois ans, jusqu'à M. Mauritz Håkan Björnström-Steffannson, homme d'affaires suédois. En troisième classe : Mme Mary Sophie Halaut Abrahim, du Liban. En deuxième classe : Mme Anna Hamalainen, de Finlande, qui allait rejoindre son mari à Détroit. En première classe : Doña Fermina Oliva y Ocana, de Madrid, femme de chambre. Un musicien français, une gouvernante américaine et un pompier de Hong Kong, comptent également parmi les survivants. Combien de vies ont-ils marquées dans les années qui ont suivi la catastrophe?

Et il y a les fantômes : « Mort dans le naufrage; corps non récupéré ». Ilia Stoytcheff, 19 ans; Alfred Peacock, 7 mois; Telda Marilda Strom, 2 ans; Houssein Mohamed Hassan Abilmona, 11 ans; Jeannie LeFebvre, 8 ans, sont de ceux-là. Que leur serait-il arrivé dans le Nouveau-Monde, qui était leur destination?

Le vrai *Titanic* avait une coque faite de tôles d'acier de 3 cm d'épaisseur, maintenues par 3 millions de rivets. Il avait été construit par plus de 15 000 ouvriers, au chantier naval Harland and Wolff, à Belfast, en Irlande, sur une période de 14 mois. Il gît maintenant par environ 3 798 mètres de fond, à environ 1 600 km à l'est de Boston et 600 km au sud-est de St. John's, à Terre-Neuve.

À l'opposé, notre *Titanic* à nous, celui de ce début du XXIᵉ siècle, est fait d'anecdotes, de biographies, de faits historiques, mais aussi d'histoires inventées à propos de ce qui aurait pu ou non se produire, dont l'aventure fictive de ma Dorothy Wilton. Ce *Titanic*-là occupe tous les recoins de notre imagination, et sa construction est loin d'être terminée.

* * *

Quelques mots à propos de l'auteure

Sarah Ellis a remporté plusieurs prix littéraires, dont le Prix du Gouverneur général du Canada et le Prix du livre M. Christie. En 1995, elle a obtenu le prix Vicky Metcalf pour l'ensemble de son œuvre.

Elle a écrit plus d'une douzaine de livres, dont deux ont été traduits dans la collection « Cher Journal » : *Une terre immense à conquérir* et *À la sueur de mon front*. Elle a aussi écrit une nouvelle dans chacun des deux recueils collectifs *Le temps des réjouissances* et *Noël d'antan*, toujours dans la même collection.

En plus de ses propres projets, elle donne des conférences sur la littérature pour la jeunesse, enseigne la création littéraire et rédige des critiques littéraires dans de nombreuses publications.

Bien que les évènements évoqués dans ce livre, de même que certains personnages, soient réels et véridiques sur le plan historique, le personnage de Dorothy Wilton est une pure création de l'auteure, et son journal, de même que l'épilogue, sont des œuvres de fiction.

Les extraits du poème Les Mélis-Mélos sont une adaptation française du poème d'Edward Lear The Jumblies, réalisée par Henri Parisot vers 1940.

Le titre du livre The Railway Children de E. Nesbit a été librement traduit par Les enfants du chemin de fer afin de faciliter la lecture et la compréhension.

Catalogage avant publication de Bibliothèque et Archives Canada

Ellis, Sarah

[That fatal night. Français]

Nuit fatale / Sarah Ellis ; texte français de Martine Faubert.

(Cher journal)

Traduction de: That fatal night.

Pour les 9-12 ans.

ISBN 978-1-4431-1189-8

1. Titanic (Navire à vapeur)--Romans, nouvelles, etc. pour la jeunesse. I. Faubert, Martine II. Titre. III. Titre: That fatal night. Français. IV. Collection: Cher journal

PS8559.L57T5414 2011   jC813'.54   C2011-902374-1

Édition publiée par les Éditions Scholastic, 604, rue King Ouest, Toronto (Ontario) M5V 1E1 CANADA

5 4 3 2 1   Imprimé au Canada   114   11 12 13 14 15

Le titre a été composé avec la police de caractères Bolton Sans.
Le texte a été composé avec la police de caractères Goudy Old Style.

À la sueur de mon front
Flore Rutherford,
11 ans, enfant ouvrière
Sarah Ellis

Adieu, ma patrie
Angélique Richard,
fille d'Acadie
Sharon Stewart

Du désespoir à la liberté
Julia May Jackson,
sur le chemin de fer clandestin
Karleen Bradford

Entrée refusée
Déborah Bernstein,
au temps de la Seconde Guerre mondiale
Carol Matas

Ma soeur orpheline
Au fil de ma plume,
Victoria Cope
Jean Little

Mes frères au front
Élisa Bates,
au temps de la Première Guerre mondiale
Jean Little

Seule au Nouveau Monde
Hélène St-Onge,
Fille du Roy
Maxine Trottier

Si je meurs avant le jour
Fiona Macgregor,
au temps de la grippe espagnole
Jean Little

Le temps des réjouissances
Dix récits de Noël

Une terre immense à conquérir
Le journal d'Evelyn Weatherhall,
fille d'immigrants anglais
Sarah Ellis

Un vent de guerre
Suzanne Merritt,
déchirée par la guerre de 1812
Kit Pearson

Une vie à refaire
Mary MacDonald,
fille de Loyaliste
Karleen Bradford